謝天

劉洪貞 著

不知如何表達內心的謝意，只好借用作家陳之藩先生說過的一句話：無論什麼事，得之於人者太多，出之於己者太少，因為要感謝的人太多了，就感謝天吧。

父母的養育之恩難以回報
謹以此書獻給雙親
劉善平先生
黃月雲女士
感謝他們一生的愛和關懷

自序

心懷感恩

劉洪貞

每次看到自己的作品，出現在報章雜誌時，我都心存感恩，感恩編者的錄用，讓我因有發表的舞台而被看見；也感激讀者的賞讀，畢竟沒有讀者就沒有作者。

或許是因喜歡塗鴉，心思變得比較敏感細膩，好奇心也較重，喜歡眼觀四面、耳聽八方。於是在日常生活裏，我會有很多的發現和體驗，加上些許的聯想力，所以不管是季節的更迭帶來的花開花謝，或日光下的小橋流水、播種收割的喜悅，或是人與人之間溫馨的話語，抑或體貼溫暖，發自肺腑的感人畫面，以及面對生活人情世故的體悟——只要能夠觸動我，

謝天

值得我一提的，我一定透過書寫分享讀者，也順便為自己留下一個重要的註記。

就這樣有了〈留住春的饗宴〉、〈秋雨梧桐落葉時〉、〈竹林風情〉、〈只要二十五元〉、〈溫馨五月最思親〉、〈十五元的機緣〉、〈那一夜，她陪我們上醫院〉、〈兩袋血〉、〈暖冬〉、〈再苦，也要笑著過好日子〉、〈台灣的好〉等等的篇章，我都希望以誠摯感恩的心留住它。

民國一一三年對我來說，是生命中很沉重難過的一年，因結婚近一甲子的外子，有天早餐後坐在沙發上，就跟平時看電視打瞌睡一樣，就這麼「睡著了」。因這兩年來他都平平安安、能吃能睡的，只有每三個月到醫院回診一下，基本上健康是沒什麼大問題的。

然而生命的無常是不需要任何明顯的徵兆，一個人不想呼吸了，眼睛一閉就這麼走了，連一聲再見都懶得說，留下滿臉錯愕又悲傷的家人。

由於事發突然，家裏只有我和印尼看護，那種不知所措的椎心和恐

自序

懼，就天昏地暗撲過來，讓我慌亂難安、不知該如何是好。記得從救護人員的一句「阿伯已沒有心跳」開始，我這個家屬就必須強忍悲痛，處理一連串的雜事。

要聯絡親人，要簽不同的同意書，才能報請法醫來開死亡證明。整個早上我就像一具無靈魂的木頭人，他們一個口令，我一個動作，在來來回回的過程中，幸好樓下「淨土宗寺」的男女師父們，輪班到家裏來幫外子助念，並協助處理後續事宜。

由於助念時間是八小時，他們每兩小時換一班，除了師父還有一些志工，都熱心地來參與，陪著我們一家度過最傷心無助的時刻。

外子就在這些識與不識的朋友相助下，走完人生最後一程。完成火化後立刻護送回到自己的家鄉，再在親友們的見證下，骨灰進了靈骨塔，魂魄也迎回祖堂上祖公牌。

親友們的細心安排，不僅讓外子安心地落葉歸根，也讓我和孩子們，因有他們的相助，減少了許多壓力和負擔，此份恩情讓我們永銘心懷、感

謝天

激涕零。

回想一路走來，傻呼呼的我，總會在緊要關頭有貴人相助，相對地，能力有限的我，能付出的卻是那麼微不足道，所以一直以來我都心懷感恩。總覺得唯有心存謝意，才能過好屬於自己的每個日子，因為那是對生活當下最大的尊重和熱情。畢竟感恩是份態度、是種心懷，也是人生的智慧，所以我謹記在心，終身奉守。

感謝揚智文化公司總編輯閻富萍小姐的協助，及小女麗萍的封面設計，才讓小書順利出版，她們是幕後功臣，在此必須記上一筆。

目錄

自序　心懷感恩　1

第一輯　我的神隊友　11

一份心意　12

一封來自蘭嶼的信　14

口罩下的故事　16

不再去流浪　20

因多睡了六十五分鐘　22

在台北遇見「美濃」　24

好景隨處在　27

那個早上我遇到很多個1　31

兩袋血 38
刮到賓士了 40
是寫稿磨出來的 41
省電靠大家 43
穿街走巷賞奇景 45
夢想和現實有落差 48
樂當小媳婦 50
我的神隊友 52

第二輯
台灣的好 57

我上「今天」 58
千金難買早知道 61
不一樣的告別 63

目錄

台灣的好 65
她教會我的事 68
老桌情懷 70
我的志願 73
牠們是有靈性的 76
阿公的店 78
秋雨梧桐葉落時 81
留住春的饗宴 83
如何摺一朵蓮花 85
最佳拍檔 87
當文字變聲音 90
緣淺 93
同學會的魅力 96

謝天

第三輯

只要二十五元　99
今晚，就來碗幸福濃湯吧！　100
半顆滷蛋　103
只要二十五元　106
老頑童的幸福時光　108
那一夜，她陪我們上醫院　111
居家好幫手　113
放榜之夜的那碗剉冰　115
孫子魅力無法擋　119
給歸零後重新出發的你　121
愛、生活與學習　124
感謝她讓我認識茶　127

感謝保險員　129
新四人幫之家　132
當兒歌響起　134
緣　136
再苦，也要笑著過好日子　140
莫道桑榆晚　142

第四輯

謝天　145
那些年，我常陪父親釣魚　146
起床時，輕握你的手一下　149
這是我該做的事　152
微溫的四神湯　155
暖冬　158

謝天

溫馨五月最思親　160
謝天　163
親情　167
牆上的竹燈籠　170
感謝你的「零錢太多」　173
十五元的機緣　175
台北的人情味也很濃　179
點燈　181
援手　183
母女同框的喜悅　185
竹林風情　189
非常感謝鍾屋的大小姑　192

第一輯

我的神隊友

一份心意

每次打開床邊的抽屜，就會看到那個紅色絨布的心形小盒子，每一回我都會打開來看一下，那枚閃爍光芒的鑽戒。

記得二十多年前外子退休後的某日，他拿了一疊剛從郵局領回來的千元大鈔，很慎重地對我說：「這是十萬元，妳拿去買一枚鑽戒吧，『這些年妳辛苦了！』」剛聽到那句自己被在意的話，我以為聽錯了，甚至於懷疑他是不是腦子因退休無事可做，而出了狀況，否則一向很大男人主義、幾十年來不曾說過半句貼心話的人，怎麼會忽然說出這麼感性的話，還願意掏出這麼大數目的退休金呢？

雖然我一直有收入不錯的工作，但是對一向節儉的他，連我花了五萬塊去日本旅遊，都被認為太奢侈的，怎麼忽然變得這麼大方，真是太不可思議了。

他看我愣在一旁，半天說不出話來，就繼續說：「自己去挑喜歡的，錢不夠再說。」或許這情況來得太突然，我一直覺得一切如在作夢般很不真實，所以就沒有把此事放在心上。

在一段日子過後，他又舊事重提，我才發覺原來他是真的有心要送我鑽戒。為了不辜負他的心意，我到銀樓選了一顆看起來很喜歡的款式，即使費用超過他的預算，我還是買了。

由於我的工作一直都是做粗活，一雙手粗糙難看，戴鑽戒對我來說不僅是累贅，還有失它燦爛奪目的光彩，所以我很少戴它，倒是偶爾打開抽屜時看見了，會拿出來套一下，重溫一下那種被在意的美好感覺。

113.1.15《人間福報》

一封來自蘭嶼的信

打開信箱滑出一封來自蘭嶼的信，我很納悶，因為在蘭嶼我沒有親友。

拜讀後發現，那是一封感謝信，感謝我在三年前送了她一輛「速克達」機車，讓當時失業的她，有機車接下外送的工作，度過生活難關。

看完後讓我想起那件事。記得兒子剛從國外回來時，就以我的名義，買了這輛機車代步。後來因經常要到國外出差，機車就一直閒著。有天我建議他，與其放著不如送給有需要的人，讓車盡其用。

隔天他在辦公室裏，提起這件事。有位女同事表示，她住蘭嶼的姊姊，因公婆生病需要用錢，就把機車賣了。沒想到疫情讓她失業後，想作外送卻買不起機車。她問兒子，能否把機車送給她，兒子點了頭。

車子送出後，兒子告訴我，機車行的老闆，在他送車保養時曾問他，這麼新的車子，可賣好幾萬元，為什麼要送人？兒子回答他，幾萬元很快會花完，但把車送給需要靠車維生的人，或許就可養家活口。

記得多年前，我和鄰居的報紙一連幾天都會晚到，讓大家頗有微詞。當我知道北漂的送報生，因機車壞了沒能力修，改用腳踏車送報時，我立刻告訴他，我正好要換車，就把我的機車送給他好了。雖然不是全新的，但可解燃眉之急。他聽後，那種幾乎要跪下來感謝我的驚喜神情，讓我印象深刻。

另外，我也以同樣的理由，送過一輛給帶著兩個幼子、拖著箱子來市場擺攤的喪偶少婦，解決了她的交通問題。

或許是從小看盡了父母謀生的不易，所以長大後，只要有機會遇上有困難的人，我都會適時地幫個小忙，救救急。沒想到這位未曾謀面的蘭嶼朋友，事隔幾年了還來信致謝，頗感意外。

112.5.25《聯合報》

謝天

口罩下的故事

這幾年自從疫情出現後，對人們生活最大的考驗，莫過於天天出門都要戴口罩，這種罩不離口的日子，對某些人來說很沉重，冬天還好，罩了半張臉，讓臉部因有它的保護，抵擋了寒風細雨，感覺溫暖多了。

夏天就不一樣了，氣溫天天創新高，在炙熱的太陽下，戴著口罩臉燜在裏頭，又癢又濕，真是難受到極點。更糟的是戴著口罩與人互動，說起話來常因一罩之隔，有聽不清楚的情況，甚至於因語音不清而造成誤會的事比比皆是，令人啼笑皆非。

記得有一回，我在某捷運站正在排隊上女廁所時，發現排在我前面的是一位約一百六十五公分高，體型粗粗壯壯的；穿著黑色印有骷髏頭圖案的緊身棉T，配著繫了寬皮帶的牛仔長褲；金黃色的頭髮只有頭中央約十公分的高速公路，其餘耳側兩邊的上方，都剃得乾乾淨淨；口戴黑色口罩，左右兩邊的胳臂，刺著不同圖案的外國明星臉，手指上夾著還沒有點上火的香菸。

我看他全身上下沒有任何一點女性特徵，不僅該凸該翹的不明顯，也沒有一絲屬於女性的溫柔婉約，有的是男性大剌剌的動作，以及很男性化的穿著裝扮，加上那麼一丁點的江湖味。

本以為他是排錯地方，就好心地提醒他：「先生！這是女用的喔！男生的在後面啦！」他聽了我這麼說，除了白了我一大眼，什麼都沒說就進去廁所了。我怕他對別人騷擾，不敢進去就在門口等。

當他上好廁所出來時，看我還站在門口，就對我說：「我是女的啦！真白目。」那一刻我才發覺自己真的很白目，殊不知現在有很多人，喜歡利用穿著或裝扮，來做跨性別領域的標新立異，讓別人很難判別，尤其是在口罩的掩護下，因看不到對方是否有鬍子，而鬧出的笑話真是層出不窮。

另外，我每天在市場做生意，要面對的人很多，大家只露出了兩隻眼睛，難免被誤認或認錯人。那天一大早，一位六、七十歲的大姊，提著一個印著某名牌咖啡商標的紙袋走來我攤子，然後從中取出兩條長褲，告訴我褲子太窄了，要換大一號的。

我告訴她：「我不是賣褲子的，我是賣布包的，您找錯人了。」她一聽我說「找錯人」，馬上生氣表示，做生意不能不顧誠信，這樣是犯了做生意的大忌的。我沒等她說完就告訴她，去賣服飾的攤子找找看，褲子真的不是我賣出去的。沒想到她很肯定地表示，賣她衣服的老闆娘身高跟我差不多，又戴粉色的口罩，頭髮又是短的，講話的速度一樣不疾不徐，所以她沒有認錯人，是我不願意負責。

被她這麼一說，我變得有理說不清，為了證實自己的清白，我只好拿下口罩，讓她看個清楚，不要再去誤認別人，以免讓人不愉快。

就在我拿下口罩的剎那，她像變了一個人似的，不斷地向我說：「對不起！對不起！我認錯人了。」

她看我一臉錯愕，連忙告訴我，她當天買褲子時，老闆娘正好取下口罩喝水，她剛好看到她的右唇邊，有一顆小小的美人痣，所以印象特別深刻，而我臉上光滑，所以她確定認錯人，感覺很不好意思，所以要向我道歉。

原來戴了口罩，除了防疫，還出現這麼多有趣的故事，真是當初始料未及。

111.12《警友雜誌》

不再去流浪

前陣子我在某市場的二手衣攤上，看到有位小姐拿起一件短袖的拼布洋裝，在身上比了一下又放回去了。

由於這件洋裝和我曾經捐出去的太相像了，我連忙走近拿起它，並翻到內面的拉鍊處，當我看見那塊接在「遠東紡織」布邊的小粉布時，我很肯定它就是我的衣服。

我一直喜歡穿棉質碎花洋裝，因為它柔軟舒適又會吸汗。而這樣的衣服市面上不容易買到，所以幾十年來我都自己做，布料都是遠東紡織出品的，耐洗不退色，在成衣不普遍、衣服必須自己做的年代，它很受一般女性歡迎。

這件洋裝是二十年前做的，當時背後的拉鍊，因比我原先預留的縫分多了一寸，我只好接了一小塊碎布在內面，這樣才可以天衣無縫，很平

整。

它的圖案是由不同形狀的花布拼貼而成，很討喜、很有創意，我很喜歡。記得有一回我穿去買菜，在回家的路上，有位穿金戴銀的胖胖阿嬤，把我拉到路旁，小聲地用台語對我說：「太太啊！不要這麼省啦！一件衣服七接八接的太辛苦了……」

當時我本想告訴她，這不是我接的，是現成的；但是為了不讓她的好意變尷尬，我只能微笑不語。

約五年前住家附近有個回收箱，立著捐衣助人的牌子，我就把一些不常穿卻還很新的衣服捐出去。本以為它們會被送進低收入國家，沒想到幾年過去了，它竟然出現在我眼前。

這一見讓我百感交集，決定讓它重回我身旁，不再去流浪。

112.1.11《聯合報》

因多睡了六十五分鐘

經常聽到有人說，自己最大的心願就是，每天可以睡到自然醒。對自然醒我是沒什麼概念，反正從我有記憶開始，不曾有過清晨五點以後才起床的印象。

從小生長在農村，家訓是「早起三朝勝一日」，只要早起就有多些時間可利用。所以每天清晨五更雞啼時，阿母就拉著身為老大的我起床，要顧灶火，要安撫幼小的弟弟妹妹，然後打理上學。

長大後因工作性質的關係，不管是賣早餐，或是在市場擺攤，都是必須早起的工作。數十年來的歷練，教會我的不只是早睡早起，還要不早睡也要早起，反正五點一到就得起床，萬一延後了，工作流程就會不順暢。由於許多時候，那中間有許多的不得已，於是多年來我不曾感受到睡到自然醒的滋味是如何。

那天早上，或許是因前一晚整夜的雨聲不斷，讓睡睡醒醒中的我，生理時鐘跳了針，所以當我一覺醒來時，竟然是六點五分時，因多睡了六十五分鐘，讓我第一次感覺到睡足睡飽的快樂，也體會出自然醒的幸福。

112.6.19《人間福報》

謝天

在台北遇見「美濃」

在台北每次看到和「美濃」二字相關的人或物件，我都特別開心，像是久逢知己，整顆心暖滋滋的，那感覺難以言喻。

雖然街頭上的「美濃」粄條店不是我開的，老闆荷包賺得再滿，都與我沒有任何關係；菜市場菜架上，寫著來自「美濃」這塊福地出產的蘿蔔、木瓜、檸檬……也不是我栽種的，任何利益也和我沾不上邊，但是那種見物如見人的美好親切感，總會讓我覺得很特別、很感動，畢竟物不親土親啊！我和它們一樣，都是來自美濃。

那天在某十字路口等綠燈時，看到一位年約六十出頭的年輕阿嬤，正在和手推車上兩、三歲的小孫子講話。剛開始我沒注意，反正路人甲、路人乙擦身而過稀鬆平常，不足為奇。

然而這回很不一樣，祖孫兩人都以客語對話，在台北街頭能聽到一老一小，可以用客家話互動的實在不多。同齡層的還好，偶爾會聽到，至於隔代的就不容易了，尤其是這麼小的小小孩，他們從出生以後所接觸的，不管是媒體或生活環境，幾乎是以國語為主，所以能開口說客語，讓我很驚訝。

為了滿足好奇心，我停下腳步探問，「您說的是四縣，那來自哪兒呢？」她笑著回答：「美濃。」聽到「美濃」我嚇了一大跳，覺得怎麼這麼巧，忍不住地大歎，世界是如此之小，隨便開口就遇上有共同語言的鄉親。

或許我們都很高興有如此的奇遇，她告訴我，自己住手巾寮，最近從出生就照顧的小外孫要上幼稚園了，所以帶回台北還給女兒，會在台北住一個月，讓小孫子適應一下和父母的互動之後，就要回美濃了。

我稱讚她能讓小孫子說客家話，對小孫子來說，是最珍貴的語言資產，別人拿不走的。她很高興夫妻一條心，在教育孫子的方式上，都要孩子們先學會母語，這樣才不會忘本。她認為孩子能從小就學會客家話，要比長大後再學，實在簡單很多。

能聽到身為長輩的，在子孫的教育上這麼有遠見，我算受教了，也特別敬重，因為隔代教養中，是有很多難以磨合的現實條件，而她克服了不容易啊！

記得曾聽過《月光山雜誌》的鍾主編說過，在美濃看到有長輩和小孫子，用客家話互動，就會特別開心，感覺文化的傳承又多了一分希望。乍聽這話時我一時意會不過來，那天在台北街頭，我遇上了這位鄉親後，鍾主編的高興之情我懂了。

真沒想到等個綠燈，也可以巧遇鄉親，還有機會聽到骨子裏的母語，那機會很意外也很難忘。

112.1.9《月光山雜誌》

好景隨處在

昨天早上在一個水果攤買水果時，看到五、六位婆婆媽媽低著頭在挑選。忽然聽到一位年輕的媽媽，手上拿著咖啡色小錢包，不停地問：「這是誰的錢包呀？」

在場的人一陣錯愕，連忙檢查身上的錢包。此時一位滿頭白髮、約八十多歲的胖胖阿嬤，慌慌張張地翻遍口袋後，才發現自己挾在腋下的錢包掉了。當她驚慌地接過錢包後，不斷地向對方鞠躬道謝。原來她老伴明天要化療，需要一些自費的藥物。這是剛從銀行領出來要繳給醫院的，要是真的掉了，老伴可怎麼辦？因為這是他們兩老最後的存款了。

或許是她驚慌又想到老伴的病情，說著說著悲從中來，竟然大哭失聲，讓身旁的我們，一時之間不知該如何安慰她，除了拍拍她肩膀，或流下同情之淚，也愛莫能助。

年輕媽媽聽了，不停地安慰她，也順手從錢包裏抽出三百元交給她，希望她買點水果給老伴吃。旁邊的我們也有樣學樣，紛紛解囊相助，讓自己微薄之力，能幫她一點忙，並提醒她要多保重。這些溫暖的動作，讓原本傷心的阿嬤，再度提起袖子不斷地擦眼淚。

每次去挹翠山莊爬山，下山時只要天還沒全黑，我都會放慢腳步逛逛巷弄，看看不一樣的風景。那天經過一個小庭院門口，看到一個二十多歲的帥哥，穿勾勾牌的黑色背心和短褲，蹲在地上小心翼翼地餵小狗喝牛奶。

看著紙箱裏另兩隻趴著的小小黑狗，在暖陽下閉著眼睛，舒適的萌模樣，我停下腳步，忍不住地說：「好可愛喲。」

年輕人邊忙著輪流餵牠們邊告訴我，疫情期間他到對岸出差，被耽誤了兩個多月。因沒有養狗的經驗，也沒想那麼多，只交代父親，每天要記得牽「阿妹仔」到公園遛遛。

沒想到愛下棋的父親，到了公園就把「阿妹仔」的牽繩解開，讓牠和其他小狗一起自由活動。自己就在楚河漢界廝殺得天昏地暗。他每次打電話回家，只要提起妹仔，父親就說：「牠好得很，能吃能睡，肚子胖得圓滾滾的。」

知道牠過得好，自己也很放心，也從未想過妹仔會因他們父子的疏忽，而變成未婚媽媽。他回家後第三天，家裏就多了這三個寶貝。父親要他送養，但他捨不得牠們母子分離，如今正在學習怎樣照顧好牠們，讓牠們可以快樂成長。看他滿臉喜悅幫牠們擦嘴角、托著小屁股玩，我相信牠們有他照顧，一定會幸福。

在公園裏經常會看到一個後背微駝、戴著斗笠的阿嬤，動作緩慢地在掃落葉，或撿些寶特瓶。那天看到一個背著黑色背包、戴著眼鏡、高高壯壯的中年男子，經過她身邊時停下腳步，從口袋中抽出一張五百元大鈔，塞在她手上，並要她早點回家休息，因為天氣太熱了。

阿嬤一直閃躲，用右手指著公園邊的豪宅用台語說：「我家就住在那大樓裏，我不缺吃穿，這是來運動的。少年人啊！很感謝你的愛心哦。」

年輕人被她這麼一說臉都紅了，連忙說：「阿嬤真是好福氣，能住這麼好的房子。」

都說台灣最美的風景是人，何嘗不是？只要在街頭巷尾，用心瞄一下就有了。

111.10《警友之聲》

那個早上我遇到很多個1

某天我們一群朋友在聊天，因年齡不同、性別有異，所以人生的際遇也不一樣，同樣的話題聊起來，還是會有不同的態度和想法。

奇怪的是當他們對生命中，曾經有過的巧遇事件，倒是有個很相同的看法，那就是大家一致地認為，那種因天時、地利、人和搭配的天衣無縫的感覺，就是很奇妙、很玄，不僅要說說不清楚，而且還充滿趣味性哪！

此時A說，他和妻子相識很久之後，有天因為要換身分證，才忽然發現，兩個人竟然是同年同月同日生。這個發現讓他們覺得很不可思議，他們的感情也因為這樣急速升溫。當雙方感情穩定論及婚嫁時，來自客家的他和來自閩南的她，因各有不同的習俗，對結婚儀式的要求，也差別頗大。於是雙方家長為了各自的繁文縟節爭論不休，誰都要堅持己見，希望對方依自己的方式進行。

男方家長認為，家裏要娶媳婦，女方要嫁過來，當然就要遵照男方習俗才對，因為男方不是被招贅。女方家長則認為，養育一個女兒成人不容易，要把女兒嫁出去，當然要守住女方禮俗，這天經地義。好不容易經過半年多，不斷地溝通退讓，最後終於找到彼此認同的共識。而更有趣的是，經過千挑萬選選出來的良辰吉日換算國曆，竟然也是他們出生的月日。

這樣的巧合讓他們直呼，太神奇了，難道這就是所謂的姻緣天注定嗎？真是人算不如天算呢！除了這一連串的巧合，讓他們不知從何說起之外，當他們的孩子要出生時，預產期居然是他們夫妻生日的前後幾天。於是他們心中有個小小心願，天真地希望兒子能和自己同天生日，這樣一家大小過起生日來會更有意義，因此有剖腹生產的打算。於是他們和醫生相約，只要那天早上過了九點，孩子未出生就動刀，一切就照計畫進行。

沒想到當天清晨才四點多，好小子就迫不及待地來報到了。這樣的自然生產讓他們省了很多麻煩和金錢，也讓他們為有這樣的境遇而開心不己，他們深深地感覺到這就是天意，真是天意難違呀！

每次聽到他喜孜孜地提起，這一連串的人生經驗，身邊的我們除了分享喜悅，還會很羨慕地驚歎，他怎麼那麼幸運，在生命的旅途中，會遇上這麼多稀奇巧合的事。

B也不甘示弱地表示，他因病住院，不忍心年邁又身體欠安的媽媽，為了照顧他每天從家裏到醫院來回跑，於是請醫院幫忙請個特別看護來照顧他。沒想到因為正好是新年期間，許多外來看護都回家過年，醫院在鬧看護荒。

他的住院醫生看他一直找不到看護照顧，就熱心地幫他商請一個正在待業的學妹。這位學妹因剛從某家醫院離職，正在等候下一家醫院的聘書，正好有個這樣的空檔，就臨時接下這份工作。

由於病顧之間相處愉快，又是未婚男女，所以就一見鍾情。他就因一場病，在好不容易請來的護士照顧下，終於恢復健康出院了，彼此也因為情投意合，所以繼續交往，最後臨時看護成了終生的枕邊人。

謝天

每次談起這件巧遇，他就很得意。他覺得他的病來得正是時候，剛好過年鬧看護荒，又正好遇上她在待業中，一切的一切就這麼渾然天成。別人生病會抱怨運氣不好，或自己怎麼那麼倒楣，居然沒事就生起病來，還花錢傷身，而他就是不一樣，很慶幸自己怎麼那麼厲害，那麼會選時間生病，否則怎能因病得「妻」呢！他相信天底下，能和他一樣這麼好運的不多見。

那天早上我經過郵局前，忽然想說好久沒買新書了，正好有看到新書廣告，就進去劃撥一下買兩本書吧！順便也把存款簿刷一刷。當時我抽到的號碼是111號。輪到我時我趁辦事員在忙碌，就抬頭四處張望。當眼睛定格在牆上的電子看板時，我被那紅色的111年1月11日11點11分嚇了一跳，心想怎麼會那麼剛好。

我沒有刻意選日子，是經過時臨時起意進去的，根本不知道當天是1月幾號。至於會抽到那個號碼，也是很奇怪。在長長的隊伍裏，排在我前面那個小姐，因發現自己忘了戴口罩，要回家拿就離隊了，排在她後面的我，就補上她的位置。

想想，要不是有這段小插曲，我就沒有機會抽到111號。要不是因為這個號碼，輪到我時也不會正好是11點11分，若早一號或晚一號，那時間上就不是這個數字了。

當我正在為這一連串的巧合，感到津津樂道時，辦事員遞還我的存款簿。我戴上老花眼鏡，隨手翻了一下，赫然發現有筆劃撥轉存是1,111元。由於字幕上只有數字，並沒有國字，我不知道這是哪裏轉來的，就請問辦事員，他查了一下帳號後告訴我，是某某時報社轉來的。我心想，怎麼會這麼巧，沒有多一塊錢或少一塊，就這麼嘟嘟好，這也太神奇了吧！

懷著甜滋滋的心離開郵局後，我順便到街上逛逛，希望能買到自己喜歡的東西。當我經過一家百貨店的門口時，看到一雙擺在櫥窗裏的粉色室內拖鞋。見粉紅色就走不開的我，當然很喜歡，就問店員那雙拖鞋要多少錢。滿臉笑容的她很親切地說：「這款式好看，顏色也柔和，現在是周年慶有打折喔！您等一下，我去幫您算一算打折後是多少錢。」當她出來告訴我，打折後是111元時，我幾呼驚叫起來。

買了鞋子後，路過附近圖書館，因疫情我已好久沒上圖書館了，趁疫情稍緩和，館內沒有人流管制，我就進去看了兩本不同的月刊，好巧兩本都是每個月的11日出刊，看完就回家了。

未到家門口，遠遠就看到郵差先生，提著包裹在按電鈴，連忙快步跑過去看看，他是送哪一家的，很巧送來的正是我南部婆家種的土產。我接過包裹，郵差先生要我在收件單上簽個名。當我簽名時無意中瞥到，寄件人手機的尾號竟然是111。

看到這數字，我樂得晃了晃腦袋，抱著包裹進了家門。小心翼翼地擺好那箱來自家鄉的小橙蜜番茄時，抬頭看了一下牆上的鐘，很奇怪正好是1點11分。

看到這樣的巧合，我坐在沙發上，想著今天真是一個好日子，從郵局開始，一路上我不管做什麼事，都會遇到1，1就是最好最吉祥的數字。

學生考試要拿第一；運動員參加比賽要拿第一奪金牌；大年初一大批信

眾，擠破頭都要搶到第一的頭香，他們相信這樣才能帶來新一年的好運。

一想到人人都在想要第一的同時，我卻幸運地處處與1相遇，除了感覺非常有意思之外，也覺得真是很奇怪耶，遇到這樣的一籮筐，要說嘛說不清楚，要解釋又無從解釋，只好把它寫下來做紀念，並分享所有的讀者朋友。

111.3《警友雜誌》

謝天

兩袋血

兒子雖不和我同住，但是他的許多信件都會寄來我家，那天收到他的捐血卡，忽然讓我想起一件往事。

五十多年前，在醫技不發達的年代，我因子宮外孕被誤診，造成腹腔大量出血而昏迷。送醫後醫院表示要馬上開刀並需要輸血，在沒有健保的年代，要輸血就得找醫院門口的賣血人。

經過幾個小時的手術後，我被推進恢復室休息。當我慢慢恢復意識時，有位護理師邊幫我量血壓邊告訴我，「妳運氣真好，主刀的許醫師一下刀，發現妳滿肚子都是血，怕妳失血過多，就捐了兩袋血給妳，他有來巡房時，妳要記得感謝他喲。」

她的話讓痲醉藥未完全退去的我，迷迷糊糊的，心想醫生不是有讓外子去買血了嗎？怎麼又變成許醫生捐血給我呢？

隔天一大早，許醫生來巡房，我特別提起這件事，他很謙虛地表示，在開刀房我血壓一直往下掉，他擔心現有的血量不夠，但情況危急一時要找血不容易，他才想到自己血型和我一樣，就抽了兩袋來加強，還好一切順利。

我聽了除了不停地流淚，也感動得說不出來話。或許他看出我的尷尬，拍拍我的手要我好好休息，過幾天就可出院了。

之後，一直都沒再看到許醫師來巡房，出院前我特地要去向他鞠躬致謝，結果護理師告訴我，做完我的手術後的第三天，他們一家就移民美國了。雖然當時的我沒機會表達謝意，但是數十年來我沒忘記，曾經救我一命的許朝仁醫師。

112.3.28《中華副刊》

謝天

刮到賓士了

年初一到四代同堂的叔婆家拜年，當他們一家大小正聚精會神地在刮彩券時，兩歲多、在看電視的小綿羊，忽然很緊張地說：「哇！刮到賓士了。」

大家一聽連忙停下手來，並驚訝地相互對看，是誰運氣這麼好？此時她不疾不徐地指著電視畫面說：「那個外送哥哥騎太快了，煞車不及就摔倒，正好倒在旁邊的賓士車上……」

眾人的表情從驚喜轉為失望，卻忍不住地哄堂大笑。

112.3.11《聯合報》

是寫稿磨出來的

我每天在菜市場賣手作布包，難免會遇上需要客製化的買主。此時我必須拿出筆記本，記下對方需要的尺寸、花色、造型、費用，加上聯絡資料。

每次我寫完這些，會交給對方過目一下，看有沒有要補充的，因為我常想有現成的產品對方都不滿意，既然要訂做就要溝通好，做到讓對方滿意為止，所以讓對方看我的記錄是有絕對的必要。更何況趁布料還沒下刀前，一切都還有改善的空間。

每當客人看到我的記錄時，都會說：「老闆娘，您寫的字很端正漂亮耶！是怎麼練的？」每一回我的回答都是一樣，那就是「不敢當」，而字能寫端正讓別人看得清楚不用猜，那是我對自己基本的要求；至於怎麼練的，那是靠以前常寫稿子磨出來的。

謝天

網路時代來臨前，要投稿全靠手寫，一張稿紙六百個一公分的方格子，為了讓報社編輯拿到稿子時，能看清楚字、讀得明白，每個字我都小心翼翼地寫在格子裏，並保持稿紙的乾淨。

寫好後重讀一遍，發現有錯別字或哪個句子不適合時，就必須重寫，避免將修修改改的字跡留在上頭。通常一篇文章重寫幾次，於我是稀鬆平常，日子一久就養成了這樣的習慣。

如今雖然不再用手寫稿紙，但是我還是很感謝當時用稿紙寫文章的經驗，是它讓我磨出耐心，今天才能寫出整齊的字體。

111.12.12《聯合報》

省電靠大家

或許是曾經因缺電，帶來太多的不便，所以我一直很珍惜有電可用的日子。

我從孩子們小時候起，就訓練他們節約用電的方法。從隨手關燈開始，到衣服不能單件洗，要把可以一起洗的，收集起來共同洗。衣服少量時，洗衣機的水量和洗衣的時間，也要做調整，希望不浪費水和電。

夏天天氣熱，孩子們又放暑假，在家的時間長，此時我會要求孩子們早睡早起。早上天氣涼，要到公園去玩，跑跑跳跳非常適合。不出門在家做功課，也會因天氣涼爽，有事半功倍之效，最重要的是，早晨不用開冷氣。另外因為早睡，可以省下許多因晚睡而浪費的電源，還會因沒熬夜，讓身體更健康，真是一舉兩得。

有些家庭每個房間都有冷氣和電視，於是各看各的，無形中增加了電力的負擔，也造成家人的疏離感。我覺得一家人一起用餐和看電視，可讓親子多互動，並增加感情，也有更多的話題可聊，讓人從中享受到家的溫暖，還會省下很多的電費，何樂而不為呢！

另外我會讓孩子穿輕便的棉衣褲，它吸汗涼爽。在室內也不鼓勵穿拖鞋，因為踩地板很涼爽，諸如此類都是居家的省電方式，而且是舉手之勞，人人能做。

其實電為人類帶來方便舒適的生活，但是人類也要付出相當的代價，要是大家能省電，將是大家之福！

102.7.21《國語日報》，本文入選「省電」徵文

穿街走巷賞奇景

早上跳完健美操，好友建議難得雨停了，天氣晴朗，氣溫清涼舒適，適合出門踏青。聽完他的提議，從小就愛探險嬉遊的我，當然樂不可支地附議。

彼此商議後，好友表示疫情當下，人多的地方就暫時不考慮，我們決定到信義區的老巷子轉悠，說不定會有一些新發現。因要看巷子，我們從大馬路轉進小巷，許多住家都在門口用小盆子種種花草。

但我們發現巷尾一家的小花園好搶眼。那本是一個小院子，主人大概整理屋子，要換下衛浴設備，又捨不得把它們丟了，要整個放在院子，又有礙觀瞻，於是來個廢物利用，透過這些物件，創造出一個別致的衛浴花園。

把雪白的馬桶放右邊角落，上面種了一株半個人高的九重葛，它由紫紅、金黃和粉色同株。一年四季都花開不謝。主人為了掩飾馬桶，在馬桶的周邊擺滿了和馬桶同高的綠色觀葉植物。

馬桶旁邊的洗臉台，把它做成小噴泉，流水潺潺，可洗手澆花。水台的四周掛滿了一些會開花的爬藤小植物，底下藏著儲水槽，不注意看是看不出那是洗臉台變裝的。

左邊是由不同顏色的漱口杯串成的吊飾。每個杯子都十五度傾斜，裏面種著不同顏色的小盆景，最底下幾盆種著流蘇般的楊柳，微風輕拂就搖曳生姿，栩栩如生像個綠色瀑布。

而靠門的角落，是一棵和屋子一般高的木瓜樹，樹上掛滿了木瓜，有黃有綠。聽說主人為了分享自然界好朋友，都刻意地留著成熟的，讓牠們隨時可以大快朵頤。

院子四周的矮牆，是主人從山上或路邊撿來的樹枝或竹子綁成的，種了小番茄、天牛花，也有季節性的瓜果，還有茄子、辣椒，真是熱鬧繽紛。

最最驚豔的是中間的浴缸，裏面種著從初夏就開始展綠開花的荷花。荷葉田田如支支綠傘，露珠閃爍滾動。荷花朵朵鮮紅欲滴，在綠葉的襯托下丰姿綽約。波光粼粼的荷塘，蛙兒、魚兒穿梭跳躍蕩漾其中，動靜中自有一番風情。

這個橢圓形的「荷花池」置身其中，像極了一幅生動的水墨畫，渾然天成、賞心悅目。置身其間就想起李商隱的：「惟有綠荷紅菡萏／卷舒開合任天真／此花此葉常相映／翠減紅衰愁殺人。」

111.6.20《青年副刊》

夢想和現實有落差

提到男人的重機夢，她就有滿腹的委屈不吐不快。記得剛結婚那幾年，他只要在馬路上看到重機，都會停下腳步，對騎著重機的騎士，獻上羡慕的眼神，以及嘖嘖稱奇的言語。

他覺得這輩子能有一輛這麼拉風的車子，就了無遺憾了，即時喝白開水過日子也無妨。為了圓重機夢，他節衣縮食還身兼數職。經過幾年的努力後，透過機車行的介紹，他花了八十萬元買了一輛二手的山葉牌500cc的重機。

由於他的辦公室離家很近，騎車上班沒感覺。於是想盡辦法，利用假日去騎陽金公路。在重機不能上高速公路時，他從士林仰德大道上陽明山，經竹子湖到金山，一路上高速行駛。他除了騎陽金公路也騎淡金公路，他認為能騎上幾十公里才過癮。

　　他愛車如癡她難以阻止，最讓她不平的是，每一回出門都要她作伴，説讓她分享快感。她坐後座翹著屁股，一趟回來不僅滿臉風沙，還腰酸背痛。為了不想再跟他去兜「瘋」，她騙他因路途顛簸，讓她流產了，從此她才換回自由。

　　有了重機是滿足了他的夢想，但是問題也一一地浮現，首先停車不易，再來税金重、維修費也高，他在種種的壓力下，終於認清現實與夢想的落差，考慮再三後，把它脱手換一台一家人可以一起出遊的四輪車。夢碎之後他少了負擔，她多了快樂和安全感。

110.3.21《自由時報》，本文入選「男人重機夢」徵文

謝天

樂當小媳婦

我婆家是傳統大家庭，因人多嘴雜所以問題不少，尤其是婆媳問題，常弄得家庭氣氛緊張。

婚前父母常提醒我，要端好大家庭的飯碗是不容易的，但是只要記住少說話、多做事，尊重長輩、友愛妯娌，凡事以同理心出發。只要能做到這些，基本上人際關係不會太差，大家會相處愉快。

婚後我一直謹記父母的叮嚀，當個知吃知做、沒有發言權的隱形人。我深知婆婆年輕就守寡，要養兒育女不容易，很多事她有她的想法和堅持，所以有話好好說，從不頂嘴，有時明明受了委屈，我還是沒有替自己辯駁。時日一久，當她發現我不像別的妯娌，為了替自己爭權益會頂嘴時，她終於看到我與眾不同，值得她信賴。

得到婆婆的信賴後，她有事交代我一定做好讓她滿意。有出遠門我會帶些她喜歡吃的或用的，讓她覺得我這個媳婦很尊重她。或許人與人的相處是相互尊重，她每次去旅行也會買些東西送我，讓我高興高興。

由於我在家就這樣傻傻地過日子，我們婆媳就像母女，連她兒子有時也會吃醋，抗議婆婆有了媳婦就忘了兒子。

或許我一直就是少說話多做事，凡事不計較，讓婆婆覺得她當家當得有尊嚴，所以對我特別寬容。不會料理家事沒關係，有她在；逢年過節不擅拜拜也無妨，一切有婆婆頂著。小媳婦我就在沒有壓力下開心過日子。

109.10.13《自由時報》，本文入選「最愛當的女人角色」徵文

謝天

我的神隊友

記得七十歲那年，喜歡塗鴉的我，為了一改過去用手寫稿的習慣，希望能順利利用網路投稿，我特別去參加了社區大學長青組的電腦課，希望能學會電腦後，可以透過電腦，做些自己想做的事，例如：查看資料、看影片聽演唱會、看電子書、掛號、購物……

當時班上有二十幾位男女同學，大家白髮斑斑，都是從未接觸過電腦，但是又很想學電腦的老人，大家一切要從零開始，難免戰戰兢兢。老師是二十出頭的靦腆男孩，每次上課看我們動作慢、眼力又差，總會耐著性子，要我們不要急、慢慢來。

由於大家都是老人，要看大字報還可以，但是要動手動腦地在印滿不同小字的鍵盤上，找注音符號或英文字母就很難。

上了四堂課後同學只剩一半，大家紛紛抱怨，老師剛教會的才一踏出教室就忘光光，怎麼辦？更糟的是為了學電腦，天天睡不著覺，一躺上床滿腦子ㄅ、ㄆ、ㄇ或ABC……想記又記不得，一個晚上就是翻來覆去睡不著啊，真是會要老命耶。

雖然大家怨聲不斷，但是老師卻對我們信心滿滿，他建議我們在家時，可以找孩子們幫忙教導，多加練習，這樣學習起來效果會好些。可惜老師不知道大家都是老人家庭，就只有兩老同住甚至獨居，真有求助無門的無奈哪！

儘管我不和子女同住，但是他們經常會回來，我多少可以問一下救救急。記得我問過兒子：要換行或打錯字時怎麼辦？兒子要我熟背鍵盤上的英文單字的代表符號，只要熟記了學電腦就很簡單。或許他不知道他娘已老了、記性差，花了很多時間背的單字，只要接個電話、開個冰箱或等個紅綠燈，就通通還給老師了。另外，經常因一個誤碰就把好不容易打好的一段字，就這麼消失在畫面上，找也找不回來。這樣的不小心，常令人懊惱又著急，偏偏這個時候家裏沒有其他人可問。

有一回女兒回來，我把學習的困境告訴她，她馬上拿來紙筆幫我記下，每個符號的第一個字母，列如：e就代表enter、s就代表shift、b代表backspace，依此類推，她建議我先記好代表字母再慢慢學習，等熟練了就會有信心，這樣學起來就比較容易。

我就以這樣簡化的方式，每天努力練習，稍有一點點的進步，就欣喜若狂、信心大增，過程中再發現問題我就問女兒，有時她不在，我就把電腦抱到樓下的飲料店，請教那些年輕的帥哥美女們，幸好被我問到的人，都非常有耐心，願意用不同的方式教我，讓我在大家的協助下，慢慢學會操作，一點一滴地進步。

這陣子換了新電腦，因程式簡便了，許多的操作和我原本的不一樣，像檔案的儲存、注音符號的插入或字數的統計……每一個都需要幾個動作才能完成，這些又再次難倒我，必須重新學習。幸好有他們的熱力相助，才讓我克服重重困難。

科技日新月異，想要學習新的東西，享受它帶來的樂趣和方便，除了要有堅強的毅力，身邊的神隊友也不可少，因為他們給予的鼓勵和協助，是我要學習邁向目標、達成心願的最好動力。

112.7《警友雜誌》

第二輯

台灣的好

我上「今天」

趁著假日整理一些相簿，忽然從中滑下一張和華視「早安今天」節目主持人「薇薇夫人」合照的照片。

記得好些年前，家裏有訂《國語日報》和《聯合報》。我偶爾在工作之餘，會寫些親子的互動或自創副業的經歷，投給這兩家報社。

在資訊不發達的年代，當時的我只知道薇薇夫人是《聯合報》專欄的名作家，也是華視「早安今天」的主持人，卻不知道她也是該兩報家庭版的主編。

或許是我常投稿，引起她對我的注意。某天忽然收到該節目企劃組的來函邀請，希望我去當節目的特別來賓，談談主婦如何在家事和工作中找到樂趣，和增加收入。

約好時間和攝影棚的地點後，第一次上電視的我，帶著自作的拼布成品，各式各樣的大包、小包、抱枕，以及多本貼滿，發表於不同報刊雜誌的剪貼簿去報到。當工作人員把所有的成品擺好後打上燈光。主持人趁機和我閒聊。

雖然我們沒見過面，但是她從我的字裏行間中，對我多少有認知，知道如何切入引我進入話題。聊了幾句後，她對導播做了一個OK的手勢就開始錄影。她雍容華貴、溫柔婉約地侃侃而談，我又是她多年的忠實粉絲，有文字交流過的默契，可以對答如流，所以一切順利沒有NG。

那天當我下了節目，在整理東西時，好奇地問來幫我忙的企劃，「怎麼會找到我這個素人上節目呢？」她嘴角微揚地告訴我，是主持人推薦的。她是某報家庭版主編，常看您的文章，認為您的工作性質，很符合我們這個以家庭主婦為主的節目主題，所以就請您來。

真沒想到，人生的際遇這麼有趣，我只是喜歡塗鴉，寫寫身邊瑣事，從未想過會因此有機會上兩次電視，接受心儀作家的訪問，那感覺如夢似幻。

如今這個節目雖已停播，但它帶給我很多美好回憶，尤其是看到這張照片時。

111.6.30《聯合報》

千金難買早知道

已經好久沒看到阿娟來參加讀書會了。因為兩年前，她七十多歲、退休在家的老公忽然中風，為了節省開支，她自己承擔照顧的責任。

雖然她才六十幾歲，但是要二十四小時照顧無法言語、不能行動、身材又高大的老公，對她來說是身心極大的負荷。在去年，她本想請個移工來幫忙，讓自己可喘口氣，偏偏疫情的關係，沒有移工進來。

本以為找不到移工，就把老公送往安養中心。沒想到她此話一出，不僅夫家人指著罵她無情、現實，年輕時愛得死去活來，有病了就想把他棄之不顧……這樣的千夫所指，已經讓她心灰意冷。更糟糕的是連她自己的父母，也認為當妻子的就應該照顧老公，這是天經地義的，把他託人照顧，就是無情無義。

這些來自婆家和娘家一面倒的反對聲浪，讓她無言以對，只好繼續面對沉重壓力的日子。由於長期的睡眠不足，造成身體機能漸漸失調，先是牙齦經常出血，接著頭暈恍神，有一次還昏倒在浴室裏。經過一連串的事故，她的家人才發現事態的嚴重，不再反對她對老公的安排。

這兩年她因身體不斷地出現狀況，經過檢查，她不僅有嚴重的憂鬱症、自律神經失調，還有第一期的乳癌，這樣的結果讓她不知自己活著有什麼意義。

那天她好不容易來讀書會，無奈地說著自己的故事。早知道自己不僅沒能力把老公照顧好，還把健康賠進去，當初就會請移工幫忙，或不管家人的反對，就把老公交給專業照顧，也不會造成今天賠了夫人又折兵的慘況。

然而事到如今，再說這些已於事無補，代價已發生，要後悔已莫及。只希望自己的故事，能讓和她有同樣狀況的人，得到一些啓示。

111.6.13《人間福報》

不一樣的告別

前陣子一連參加了兩場告別式。第一場是一位世伯，他生前人緣好，加上一雙子女身居要職，各自人脈多，所以來弔唁的人特別多。

然而看似豪華的告別式，卻讓參加者感覺得出他的子女並不和諧，兄妹沒有互動。原來他們因信仰不同而各持己見，彼此都認為自己最孝順，為父親所做的最好，卻忽視了另個手足對父親的愛。

或許他們都忘了，父親是兩個人的，兄妹應該放下成見達成共識，來為父親做最後一件事，讓父親含笑而去才對。而不是只想爭面子，互不退讓，結果兩敗俱傷。

另一場是鄰居伯母，會場簡單樸素，來參加的人不多，都是至親好友。她年少守寡，就生了兩個兒子。雖然他們兄弟都是一般小康家庭，但事母至孝。家有大小事，兄弟會不斷地溝通，找出最合適的方式。他們認為兄弟間無輸贏，只有寬容、退讓。所以數十年來兄弟情深，讓他們的母親引以為傲。

由於一直以來他們都兄友弟恭，所以在告別式上，雖然沒有大排場，但因兄弟同心又默契十足，每個環節都充滿思親不捨之痛，讓親友們看到，他們在哀傷的同時，還以最和諧溫馨的方式，為母親獻上最後的祝福。這樣的告別，對往者來說是最被尊重和懷念的。

兩場告別兩樣情，這讓我覺得父母的告別式，辦得風光與否不重要，重要的是身為子女的，能否懷著感恩的心，讓父母安心好走。畢竟風光是一時，親情是永恆。而天下父母最在意的是，莫過於子女的和諧團結，不是嗎？

112.4.3《人間福報》

台灣的好

前陣子某藝人為了感謝照顧他十年、情同女兒的印尼看護Yuli，特別在身後留下兩百萬做為感謝禮。此新聞不僅在國內引起好評，印尼媒體更是大肆報導，讓台灣人友善助人的義行，再度登上國際媒體。

無獨有偶，鄰居張嬸家的印尼看護阿妹，在虎年開春時，就生了一個小虎女，為寂靜的張家帶來歡笑熱鬧的氣氛。阿妹八年前和丈夫阿忠一起到台灣來謀生。阿忠在桃園工廠工作，阿妹進了張家，照顧子女都在國外的二老。夫妻每個月的第一個星期天，在台北車站的大廳會面。

四年前張叔過世了，張嬸怕孤單，留下阿妹相伴。兩年前疫情爆發，阿忠工作的工廠被迫停工，張嬸心疼他無處可去，建議他搬來同住，希望家裏有個男人照應，會多些安全感，也可讓小夫妻團圓。

對張嬸的好意，小夫妻感激涕零，他們作夢也沒想到，離鄉背井來台灣，會幸運地遇到菩薩般的再生父母。為此，小夫妻對張嬸是極盡孝道。

去年阿妹發現懷孕了，這讓夫妻倆憂喜參半。要生，一定要留一個人照顧孩子，這樣就少了一份收入，這對有經濟壓力的他們行不通；不生，他們結婚十年了，好不容易有了孩子，就這樣放棄於心不忍哪！夫妻倆為造化弄人感到絕望，除了相擁而泣，又不敢告訴張嬸，怕因此無家可歸。

某天張嬸無意中發現阿妹吐得臉色發白，以為她「確診」了，建議她快去篩檢，以免影響別人。此時阿妹才說出實情，也說出了自己的難言之痛。張嬸聽後要阿妹放心，先把孩子生下來。她認為目前自己生活還能自理，阿妹沒有很多的工作負擔。孩子出生後，先照顧一陣子，等疫情稍緩時，再送回印尼給父母照顧，這樣就可以繼續工作。

張嬸會有這樣兩全其美的決定，除了要成全小夫妻的心願外，也覺得家裏多年來一直只有兩個沒話說的老人，要是能多個孩子跑跳，那可熱鬧多了。就這樣，在天時、地利、人和之下，阿妹夫婦開心地當上父母。

在台灣有數十萬個來自國外的移工，她們默默地在這裏，幫助許多家庭解決了長照問題。她們的努力和付出，是值得我們善待和感恩。希望哪天她們離去時所記住的，盡是台灣的好。

111.3.7《人間福報》

謝天

她教會我的事

家裏有兩間浴室，一間給看護威娜用，另一間是我們夫妻共用。有天早上六點多，我要出門做生意時她告訴我，她那間浴室馬桶的水箱壞了，一直漏水。我告訴她暫時把水龍頭關掉，需要上廁所時就到另一間。另外，我留下兩千元及巷口水電行的電話，並提醒她十點過後再打，請他們過來幫忙修一下。

下午我做完生意回家後問她，「師傅有來修嗎？」她有點靦腆地告訴我，她沒打電話，自己慢慢修好了。我瞪大眼睛，有點不可思議地往洗手間走去。她打開馬桶上的水箱蓋，指著浮標上的鐵鍊說：「鍊子斷了，我就用妳作包包的尼龍繩銜接，因長度無法很準確，所以要沖水時，拉環要稍稍提高一些些。雖然不像師傅修得這麼好，但是使用上沒有問題。」

聽她說得有條不紊，我除了感謝她的用心，也覺得很汗顏，因為數十

年來，我還未曾看過水箱裏的世界。以前遇上問題就一通電話，讓水電行的師傅幫忙解決，總覺得那是很專業的工作，我不可能會處理。如今看來，我這樣的想法，有重新思考的必要了。

記得有次外子按了遙控器後，電視卻沒有畫面，他以為電視壞了，就找來水電工檢查，結果是電池沒電了，就這樣花了兩百元走路費。有一回家裏的燈全不亮，他又一通電話服務到家，結果是他撕日曆紙時，手不小心碰到總開關而跳電了。師傅一來，輕輕地撥上開關，就撥掉我們兩老三天的伙食費。

有了這次的經驗，我告訴自己，往後家裏遇上這些小事時不用急。先細心觀察並動手試試，或許一切沒有想像中困難。萬一真的不行，再找專業也不遲，不是嗎？

111.8.29《人間福報》

老桌情懷

謝天

最近這陣子，每次身體靠近飯桌時，衣服上就會黏上一些木屑，彎下腰看看桌底是有些腐蝕，看起來必須換新桌了，不然腐蝕的面積會越來越大，每次靠近不僅衣服會被黏，地上也會有掉下來的木屑。

雖然桌底是老舊了，但是白底碎花的桌面是完好如新的，要換掉真的有點捨不得。記得三十多年前，我在家裏教洋裁，中午、晚上各有一批學生。為了方便學生裁剪、繪圖，我除了有活動的裁桌，隨時可移動之外，就特別買了這個十尺長、五尺寬的桌子。

它多功能可伸縮，學生多時把桌子往左右兩邊拉開，桌面就變大了，家裏偶爾有客人來也是這樣。不需要用時就把它縮小，放在窗邊可當飯桌和書桌。孩子們小時候，我們母子就在這兒看書寫字、剪貼報紙、討論功課。家裏有南部的親戚來訪，我們在這兒吃飯聊天，賓主盡歡。

孩子慢慢長大後，他們有各自的房間和專屬的書桌，所以它不再陪孩子們做功課，功成身退後成為飯桌。

由於我喜歡蒔花種草，院子裏的花四季如春，我會隨季節更迭，在餐桌上放一盆當季盛開的花，讓餐桌多一點風雅。

記得有一年母親節，有位朋友夫妻倆到家裏來串門子。由於大夥兒相識多年，無所不談。朋友的太太忽然問外子，「今天是母親節，您可有送束花給太太？」正當外子尷尬不知如何回答時，她先生倒是搶先說：「人家可大氣浪漫了，送一束算什麼，你沒看人家是送整盆的。」

此話一出，不僅替外子解除了窘境，還展現了這位先生的幽默機智。這件事一直讓我印象深刻。這張桌子就這樣，陪孩子們長大，陪我們夫妻到老。

那天當外送員送新桌子來，要把它拆卸時，發現它的桌腳很堅固無法拆，是用卡榫拴緊的，不是用螺絲。他表示送家具二十多年了，第一次遇上老師傅純手工的真工夫打造的。他問我要不要留下來，否則他想帶回

謝天

家，我點頭答應。

看著他小心翼翼地把桌子搬出門，我依依不捨地撫摸桌子四周，感謝它三十多年的溫馨陪伴，讓我們一家度過了無數個溫暖快樂的晨昏。

111.8.22《人間福報》

我的志願

已經好久好久沒接過同學的電話了，我想這和我畢業已數十年有關。

那天晚上，忽然接到一位自稱是我小學同學C先生的電話。在電話裏，他不斷地用各種方式來提示，希望我能記起他，偏偏我就是想不起來。就在我咿咿哦哦不知如何回答時，他忽然說：「妳該記得小三時，老師要我們寫作文『我的志願』。結果我因為抄範本時一時疏忽，把『開飛機』改成『開火車』。本以為這樣就能瞞天過海，沒想到我換了火車之後，並沒有把後面的句子，從天空改成鐵路，而鬧了大笑話，讓同學每次看到我都說：那個就是把火車開到天上去的二愣子。」

他提起此事，還真的讓我想起他了。原來當天要放學時，老師交代明天有作文課，題目是「我的志願」，不管你的志願是什麼，要當老師、要當醫生都無所謂，回家後先打個草稿，明天上課時大家一起討論。

他回家後，就請教大他兩歲的哥哥要怎麼寫，結果哥哥給了他一本《作文範本》，要他自己看，看看人家怎麼寫，自然就會了。他看到有人要當警察，可以抓壞人；也有人要當老闆，這樣可以賺很多錢。不過這些他都沒興趣。

在不斷地翻閱後，看到一篇想「開飛機」的志願，他覺得寫得不錯，就想把它抄下來明天交差。不過它又覺得自己比較喜歡開火車，於是在抄的時候，就只把「開飛機」改成「開火車」，其他的一律照抄。

那天上課時當他念到，「當我開著『火車』，在天空翱翔時，會穿梭在藍天白雲中……」沒等他念完，同學們已笑成一團，他尷尬地愣在講台上。他說當時年紀小沒想那麼多，才會鬧笑話。不過他真的很喜歡開火車，長大之後為了實現這個願望，不斷地收集和火車相關的資訊，並參加相關的考試，終於進入鐵路局工作，最後也當了火車司機直到退休。

他覺得這些年來，每天稱職地把南來北往的旅客，平安地送達目的地，是他最開心的事。

聽他說著為了理想，一路走來的酸甜路程，我發覺他不是二愣子，是真正的火車達人，而且沒把火車開到天上去。

111.8.10《中華副刊》

謝天

牠們是有靈性的

一般人對貓的印象，總覺得牠們不如狗貼心和感恩。我沒有養寵物，無法比較。不過這陣子一連兩次的奇遇，讓我強烈地感到貓咪也有感性的一面。

記得兩年多前，我在屋後公園的水溝裏，救了一隻前右腿被壓裂傷的灰黃色中型公貓，我幫牠取名大花。牠在動物醫院住了兩星期才出院。

住院期間我每天會去看牠，和牠講講話，一開始牠對我很疏離，多接觸幾次後，去看牠只要我一聲「大花」。牠馬上站起身子臉朝我，回一聲有點低沉寬厚的「喵」。由於牠的聲音不像一般貓咪又尖又細，所以我印象特別深刻。

醫師告訴我，流浪貓野性強，在醫院很不安分，老愛抓門想逃跑。她希望我帶回家後要注意，否則很容易就逃了。

出院後，我幫牠安置了一個溫暖的窩，雖然不缺吃喝卻留不住牠，才兩天就趁機不告而別。或許是早有心理準備，所以沒有很失望。

兩年多過去了，有天傍晚我和鄰居在公園邊聊天邊散步時，忽然聽到一連兩聲的「喵」。由於牠聲音特殊，我馬上想到是大花，連忙停住腳步四處張望，並問了幾聲：「大花是你嗎？快點出來呀！」結果什麼都沒有。

昨天下午我再去散步時，又在公園的另一邊聽到同樣的「喵」聲，我同樣停下來說：「大花是你就出來，讓我看一下呀！」說時遲那時快，忽然在我左側大樹上跳下一隻大黃貓，兩眼看著我，然後轉身咻的一聲就溜進樹叢裏去了。

看到牠用這樣的方式和我打招呼，讓我知道牠別來無恙，我很開心，也覺得小寵物們都是有靈性、懂得知恩圖報的。

112.1.7《中華日報》

謝天

阿公的店

每次已搬離這條巷子的老鄰居，再回到這兒玩，都會提起轉角處阿公的店。

記得剛搬到這兒時，我的孩子才四、五歲，說話還不怎麼清楚。每一回他們想吃花生糖或乖乖，我就寫張紙條加上銅板，放在塑膠袋裏，讓他們自己去找阿公買。

阿公的店不寬敞，是瘦長型的，門口有棵大榕樹，底下放著很多椅子，讓鄰居們可以在這兒乘涼、下棋。他的店面不大，但是麻雀雖小，五臟俱全。一般雜貨店裏有的東西，他家也都有。飲料、醬油、食用油等瓶瓶罐罐的，分層地擺滿貼牆的鐵架。小朋友的玩具，不管是刀槍或洋娃娃，掛滿天花板。白米、糖類、麵粉放在店中央的桌子底下。桌上有秤子，有整箱的雞蛋、鴨蛋和皮蛋，以及襪子、毛巾和針線，還有麵線、米粉、冬粉，反正你想得到的，這裏都買得到。

店由光著頭、身材略矮的阿公，和高高胖胖的阿嬤共同照顧。阿公一口湖南鄉音，阿嬤拄著拐杖，灰白的髮髻上，都會插朵門口花盆裏的茉莉花，喜歡穿碎花棉布的套裝，她說自己是蔣總統的同鄉，所以操浙江腔。

他們兩老默契十足，一個客人進門，都由阿公負責拿貨，並用算盤結帳。兩個人進門時，他們同時起身，各司其職，不會拿到重複的物品，阿嬤記性好，習慣心算。

得空的時候，他們分別坐在門口的藤椅上。阿公喜歡京劇，沒事拉著胡琴咿咿呀呀地吊嗓子。阿嬤不懂台語，卻非常喜歡楊麗花的歌仔戲，所以經常瞇著眼，摟著一隻大黃貓，哼哼唱唱的。她曾不只一次地告訴我，她被楊麗花女扮男裝的俊俏以及風流倜儻的模樣，迷得如癡如醉。

由於他們隨和熱心，和附近鄰居相處愉快，所以鄰居們常在榕樹下話家常，分享生活點滴。有時哪家有急事，就把小朋友寄在他家，兩老都很樂意幫忙。由於大家親如家人，有一年阿嬤病倒住院，我們還輪流到醫院照顧她哪。

十多年前阿嬤走了，阿公原本要繼續開店，但是他的子女不答應。這些年他的孫子把店面重新改裝，賣起咖啡和蛋糕。

雖然阿公的店已變孫子的店，看起來很時尚，但是感覺上，它始終少了阿公時代裏那種無所不在的鄰里溫暖。

111.9.5《人間福報》

秋雨梧桐葉落時

我家屋後有座大公園，園內各種樹木林立，不同的區塊有不同的景致，因處市中心，交通便利，所以經常有來自四面八方的慕名遊客，在樹下唱歌跳舞、野餐、運動。

由於聳天的樹木很多，大雨過後或入秋時節，就落葉繽紛，走道上經常有飄零的落葉，會為慢跑者或行人帶來不便，於是得空時我會拿著竹帚去掃一下，讓走道或水泥廣場，看起來很乾淨舒適。

最近這陣子榕樹葉和梧桐葉，每遇陣雨或颱風就掉得特別多，每天看著五顏六色的大小葉子，在微風中閃著金黃紛紛從天而降的盛況，總是特別療癒且分外開心。也讓我想起到歐洲旅遊時，發現有些國家的公園，是不打掃這些充滿詩意的落葉的。因為他們認為風來了，這些充滿色彩的落葉，會隨著風向在地上滾動追逐，像很多小精靈的萬花筒在競賽，那是耀眼閃動的立體之美，那種唯美也只有秋風起之後才有的，所以特別珍惜。

也因為他們有這種讓落葉恣意揮灑的浪漫，所以觸目所見盡是不同顏色、不同形狀的樹葉，像拼圖般鋪滿了大地，不管是長廊走道或大小台階，都因為有它們的點綴，感覺更陶醉迷人。

每次看到這難得一見的奇景，我就會想起白居易在〈長恨歌〉裏的詩句，「西宮南內多秋草、落葉滿階紅不掃」。雖然場景異曲同工，但是一個是刻意，另一個是隨心，而對一個旅人來說，它編織了一副屬於秋天的最美麗詩篇，令人難以忘懷。

很喜歡雨後的清晨或黃昏，看著落葉在掃帚的揮動下，翻飛的各種風情，很喜歡自己能在這樣的時刻沉浸其中，享受著大自然帶來的美妙律動。

111.11.8《青年副刊》

留住春的饗宴

每年春到人間、百花盛開時，我一定會到台大的杜鵑花城賞花，看看那五顏六色、逢春開放的杜鵑。

那天當我走累了，坐在情人椅上時，忽然看到對面花叢上，有兩隻一大一小的松鼠在追逐。咻的一聲就從這棵樹跳到那棵樹上，隱身樹叢中。或許是牠們動作敏捷，加上身子輕盈，所以那種來去如風的感覺，讓我忍不住地四處張望，希望牠們再度出現。

正當我引頸企盼時，牠們咻的一聲又回到原處，東張西望後確定安全，又小心翼翼地往花道的中間過來。為了不影響牠們的行動，我視若無睹，裝著低頭滑手機。牠們有恃無恐下，就在我隔壁的椅子下，吃著一對情侶灑下的爆米花。

牠們小嘴巴動不停，偶爾發出嘰嘰的聲音，大概在呼朋引伴吧！兩隻咕嚕嚕的眼睛也不得閒，遇有什麼風吹草動，就神速離去，還邊爬邊回頭，那模樣真是逗趣。這讓正在談笑風生的情侶，也忍不住地笑出聲來。

在偌大的校園中，除了可欣賞爭奇鬥艷的百花風情，還可享受春風輕拂的舒適。賞花的人群有的三五成群，有的獨來獨往，也有攜家帶眷的，好不熱鬧。鼠兒們也趁這大好時光，展現牠們覓食耍寶的模樣。除了松鼠還看到停在樹枝上的貓頭鷹，眼睛都不眨，專注地注視著前方。而一些麻雀也不缺席，大家一起來分享遊客們的好意。大家吃飽後，又飛回樹枝，為歌頌春天，不停地歡唱著。

趁著花開時節，走一遭台大的杜鵑大道，和自然相約，除了欣賞到春天的美麗景致，感受大自然的恩賜之外，還看到了人與自然界動植物的和平共存，是那樣的自由美好。

111.3.23《人間福報》

如何摺一朵蓮花

媽媽百歲仙逝時，一家大小都忙著摺蓮花和元寶。家人不僅動作快，而且摺得栩栩如生，唯獨我，一拿起那一張張印有特殊符號的金紙，就淚眼婆娑。想起媽媽一路走來，嘗盡人間冷暖，憑著堅強的韌性和勤儉吃苦的精神，才克服了貧窮。

雖然我們長大後，她過著蒔花種草的悠閒生活，而且一輩子，很受上天眷顧，沒什麼病痛就善終了，但是我還是百般不捨。或許因滿懷憂傷，所以我一再地摺錯。

在拆拆摺摺中，弟弟六、七歲的孫子女，看我邊摺邊擦眼淚，以為我是因學不會在難過，還來安慰我：「姑婆！您不用難過，摺這個很簡單，先把紙對摺後再對摺……就好了。」

他們的話讓我意識到摺它不難，是我心不在焉，也提醒我要放下。我抹去眼淚，走到屋外媽媽的小花圃，看到她最喜歡的大理菊正在綻放，我見花如見人，停下腳步舉手撫摸，再仰望天空，告訴她：感謝您的養育，祝您一路好走。

112.10.28《聯合報》，本文入選「別人簡單 我困難」話題徵文

最佳拍檔

平常在公園或人多的地方，經常會看到外籍看護在陪伴長輩，很少看到由子女作陪的，尤其是男性。

最近在某市場，會看到九十高齡的江爺爺身邊，有個六十多歲的先生陪著，到菜市場採買。江爺爺銀髮閃閃，身子健朗，走路不急不徐。身邊那位男士身體挺直、頭髮灰白，因兩人體型相似，又同樣溫文儒雅，所以大家以為他們是父子或兄弟，其實不然。

那天在水果攤買水果時，頂著西瓜皮金髮的年輕老闆說：「爺爺真好命，有兒子陪著。」沒想到爺爺回說：「兒子陪有什麼稀奇？女婿陪才難得呀！他是我女婿啦！」此話一出，身旁的婆婆媽媽們，都頻頻投以羨慕的眼光。

聽說他女婿剛退休，翁婿兩家住得近，所以經常來陪他。江爺爺和藹慈祥、說話溫和，每次想買東西，不管吃的用的，都會問女婿：「你覺得這個好嗎？」每一回女婿都會回答：「這不錯呀！喜歡就買。」兩人互動良好，不曾有異見。

或許他們過去都是上班族，很少接近菜市場，加上他們童心未泯，偶爾有比較少見的蔬果上市，都會好奇地問東問西。那天江爺爺問老闆：「這個很像芭樂，又像青木瓜的是什麼水果呀？」老闆回答：「它是馥梨，是混血兒，是台灣的芭樂和澳洲的蜜梨交接的。」又問：「這個五顏六色像彩球的又是什麼呢？」「哦！爺爺。它是南非的黑豆果，嫁給台灣的百香果之後，搖身一變就成了這個滿天星百香果了，不僅很香而且很甜喲！」老闆俏皮地回答。

他們每次聽到老闆充滿機智幽默的回答時，除了笑呵呵，還會不停地稱讚，台灣的農業技術真了不起，農民用汗水和智慧，種出這麼多好吃的水果，讓大家享口福。另外，他們也不吝給年輕老闆誇幾句，說他有用心做功課，懂得做生意，將來會是很有成就的水果達人。

買完後他們會邊走邊聊，女婿拖著菜籃車，江爺爺也不得閒，手上一定要提個什麼的。他認為總不能只讓一個人辛苦吧！自己也要分擔一點工作才對，女婿也樂意成全。

他們就是這樣，像默契十足的朋友，又像無話不談的哥兒們，更有翁婿的親情加值，真是難得的最佳拍檔。

111.10.31《人間福報》

當文字變聲音

謝天

因平時工作忙，為了紓解壓力，我會把所見所聞透過投稿來當出口。常投稿偶爾會有僥倖被刊出的作品，雖然都是在平面媒體上，但是我卻曾在廣播中聽到，它們變成聲音被呈現。

我喜歡聽廣播，不管在運動或做家事，都隨身聽。幾天前的早上，當一段音樂結束後，我忽然聽到女主持人念著：「在菜市場做生意，日子一久會結交一些……」我聽著聽著感覺內容好熟悉。原來那是自己在《聯合報》家庭版發表過的作品，題目是「二手塑膠袋」。因為當天的節目，正在討論環保議題，於是正好讓主持拿來宣傳環保概念。

記得兩年多前，有天傍晚我又從廣播中聽到，也是在《聯合報》家庭版發表的作品，題目是「教他們如何當單親爸爸？」被播出。當女主持人念完全文後，男主持人先是嘆了一口氣，然後語重心長地說：「這真是很多失婚爸爸，要學習的重要課題啊！」結果當時還有幾位單親爸爸聽眾，聽到後紛紛叩應進去，無奈地表達自己遇上的困難，卻又不好說出口的窘境。他們非常感謝主持人，播出這樣有建設性的文章，讓他們得到很多幫助。

而兩位主持人也都熱心地藉機給予安慰和鼓勵，告訴他們面對問題，有必要時還可以求助相關團體。要記住單親路上不孤單，一切沒有想像中難，只要跨出去，路就可以繼續往前走，不用擔心。相信這些溫暖的話語，會讓這些爸爸心中的無助得以釋懷，也會更有信心照顧子女。

前兩天晚上九點剛過，姪女來電告知，某電台正在播我的文章。我連忙開機收聽。當老歌「不了情」的音樂接近尾聲時，主持人開始念著全文。原來那是我寫一對患難夫妻，因「不了情」電影相知相愛的故事。

平時喜歡塗鴉，只是想把有人情味的故事寫出來，分享讀者們，從未想過它會被電台選播，那感覺生動有趣。畢竟文字在音樂襯托下，透過抑揚頓挫的音頻，用聲音表達出來，雖是無形卻有不一樣的特殊效果。

謝天

對才疏學淺的我來說，能有一篇作品上報，已經非常非常困難了，更何況會在空中播出，那機率是千載難逢，而我正巧聽到了，那是何其有幸呀。

111.5.13《家庭好時光》

緣淺

那天下午三點多，從外面工作回家剛進門，家裏的移工威娜就告訴我，貓咪趁她開門的霎那，咻的一聲就跑了，她到外面找了很久，就是找不到。

看她低著頭不停地道歉，我一時說不出話來，只好拍拍她的肩膀安慰她。還記得把牠接回來的當天，獸醫師就有提醒我，牠是流浪貓，野性非常強，不安於室。前幾天在醫院就野性突發，數次想衝出籠子逃出。

或許是早有心理準備，所以剛聽到這件事時，心裏是有叮咚一下，覺得有點遺憾。畢竟我們相處的緣分太短了。心想，牠走了也好，牠習慣外面的無拘無束，若困在我家對牠來說是桎梏，很不公平的。

其實，平心而論我一向對寵物沒有很大的興趣，對狗還好不排斥，對貓我就興趣缺缺。總覺得牠沒有狗狗貼心，會察言觀色、知進退、有情有義的，跟前跟後地搖尾巴。貓比較現實輕別離，總是來去無蹤。

儘管對貓一直有很主觀的想法，但是當我去了一趟土耳其首都伊斯坦堡之後，就全部改觀了。在那兒不管大街小巷，不同顏色和品種的貓兒隨處可見。牠們或躺或坐在不同角落，優雅地曬太陽或休憩。我坐旁邊摸摸牠小腿，不僅不怕生，還會抬腿翻滾逗我開心，那善解人意的神情，超卡哇伊的。從那以後，我對貓另眼看待，因為牠們比我想像中更平易近人。

我家屋後是台北知名的公園，平時遊客多，會出現幾隻流浪狗，卻從未見流浪貓的影子。某天下午我和往常一樣，利用黃昏到公園慢跑。由於當天午後、下了一場又急又大的西北雨，讓較低窪的水溝積水很深，還有被吹斷的大樹枝壓在上面。

或許是我和牠有緣，平時遇上這情形，我會繞道而行。那天也不知道為什麼，遠遠看到有樹倒了，我卻好奇地走過去。本想看看那棵樹是不是五色鳥的家（那附近有好幾棵樹，都住著五色鳥家族）。

沒想到我才走近樹邊，就聽到有貓咪微弱的叫聲，我東看西看終於看到一個灰黃色貓頭，露出在黃泥沙水面奄奄一息。見此我連忙跑到路口，擋下一個機車男，請他幫忙把樹挪開。他力氣大，三兩下就把樹拖走，讓我把小貓抱出來。當我把牠放在地上時，牠無法站立，他說貓腳可能被壓傷，該送去醫院。

在動物醫院，醫生先幫牠清洗乾淨，發現牠是公的灰黃色虎斑貓，前右腿有裂傷，需住院療養幾天。在牠住院的十幾天裏，我每天都會去看牠，和他說說話。不知是心有靈犀，還是我們有緣，雖然我們不曾相識，但是每次我只要靠近牠的籠子喊一聲喵，牠除了立刻回聲之外，還會翻個小肚肚，讓我捏幾下，那種感覺就像久別重逢的朋友。

本以為有這樣的互動後，牠會對我有信心，願意留在我家，沒想到牠會不告而別。我除了不捨之外，只能輕嘆我們緣淺。

111.6.21《中華日報》

同學會的魅力

謝天

離開學校七十年，已邁入遲暮的外子，自從知道因疫情停辦三年的初中同學會，將重新開辦之後，他整個人忽然精神起來。

早上起床後整肅儀容，並脫下睡衣褲換上休閒服。用過餐後心血來潮還會吹口哨，即使中氣不足，吹得斷斷續續，但可感覺到他的開心。這些都是同學會續辦後，才出現的好現象。

另外他要自己坐正吃飯，不能彎腰駝背，走路時也要挺身扶好四腳架，不想要身邊有人跟著，他認為這樣才能表示自己一切都很好。除了這些，他還希望自己參加同學會時，穿著能慎重得體，才不會對同學失禮。

看到他為了同學會所做的各種改變，我除了暗自歡喜，也樂意配合演出。有時他不想回診，或老賴床不想走動時，我都會有意無意地提醒，要多走動練好腳力，好讓同學們看到他的勇健……每一回我只要提到「同學會」，他一定精神大振，並努力地配合。

有時他會開心地說著，曾經年少輕狂的趣事，那溢於言表、讓整個人都年輕的神情，總讓我感同身受，分享他曾經擁有的美好歲月。偶爾他提到同學會，參加的人數一年年的減少時，他會感嘆歲月催人老，也會很認真地告訴自己，要把身體顧好，這樣才有更多的機會和老同學握手言歡。

同學會為他帶來無數的動力和滿滿的期待，為了成全他，我願當貼心的推手，除了陪伴傾聽，也給予真誠鼓勵，希望他敞開心懷，快樂過日子，當個永不缺席的好同學。

112.11.1《聯合報》

第三輯

只要二十五元

謝天

今晚，就來碗幸福濃湯吧！

天氣濕冷，向晚時分移工威娜問我：「晚上要煮什麼？」我猶豫了一下回答：「今晚就來碗幸福濃湯吧！」會想到要吃火鍋，實在是很想念雙親，很懷念以前一家八口圍爐吃火鍋的歡樂氣氛。

父親從小失去雙親，念日本小學時因知書達禮，老師視他如己出，經常帶他去家裏吃火鍋。當他高等科畢業時，正好日本戰敗，老師們要撤離台灣，就把一口銅製的中型火鍋及專用的爐子送他。

小時候每到了冬天，父親會拿出鍋爐整理乾淨後，讓全家一起吃火鍋。因買不起肉，只好買豬大骨熬一鍋濃湯，母親負責切洗，把家裏種的紅、白蘿蔔切塊，高麗菜、包心菜剝成塊狀，黃色玉米切成小節，茼蒿和荷蘭豆也要準備好，還要加上一些小番茄。

當一切準備就緒，全家都洗好澡後，開始圍爐用餐。在小爐子裏面放上幾塊火紅的木炭，再把裝滿食物的鍋子，放在爐子的上方。當五顏六色的鍋中物開始溢出香氣時，父母就忙著幫我們每個人的碗裏裝半碗，因為很燙，要我們慢慢吃，吃完再盛。父親常說吃火鍋不能急，慢慢吃不僅能品嚐到食物的美味，還能享受吃的樂趣。

由於當時的鄉下，還沒有人吃火鍋，所以每次我家吃火鍋時，住隔壁的堂弟們，只要聞到香味，就吵著要過來吃，要跟我們擠在一起。雖然伯父伯母覺得這樣不好，不讓他們來，但是我的父母卻很歡迎。他們覺得孩子就是愛湊熱鬧，吃不了多少東西，高興就好。

小時候就是這樣，每當寒冬夜，父母就用他們滿滿的愛，陪著我們吃火鍋，即使鍋子裏只有家裏種的當季蔬果，但是我們還是吃得津津有味。每張紅通通的臉上，都寫滿了幸福。

或許是這樣的記憶，讓我銘刻在心，所以當我有了孩子之後，也常在冬天的夜裏，煮上一鍋讓孩子們暖暖身子。也希望藉此把父母的愛傳承下去。

謝天

這些年父母相繼過世，少了和他們相聚用餐的機會，但我從未忘記父母曾經給我的愛。尤其是在冷冷的夜裏，對他們的思念更深更濃。只希望能透過一碗熱濃湯，來懷念和感謝他們，在經濟不好的情況下，還盡其所能地給了我們一切，讓我們平安長大。

111.12.19《人間福報》

半顆滷蛋

記憶的抽屜裝滿了記憶，有的日子雖已久遠，卻記憶如新。小四那年，和我同桌不同村的阿珠，在某個快放學的午後，由她伯母來接走，說她媽媽過世了。從此她從大姊躍升為小媽媽，每天上學就揹著兩歲的阿弟一起來。姊弟倆喜歡笑，是班上的開心果。

上課時他坐我倆的中間，把玩著小石頭。睡著了，阿珠就讓出椅子，自己半跪在地繼續上課。有時他哭鬧不停，老師會用手勢，要她把阿弟帶到長廊去玩。

愛笑的他總是滴著口水，模樣超可愛，是我們的小學弟。剛學會走路，常在下課時咚咚地在教室的走道穿梭，事事好奇，東摸摸西挪挪，常把同學的文具錯放，但我們不曾責怪。

某天上午第四節是體育課，全班同學都去操場了，我因忘了帶手帕又折回教室。就在我正要踏進教室的後門時，看到阿弟手上拿著滷蛋邊吃邊往正在擦黑板的阿珠身邊走去。我沒有驚動他們，拿了手帕就回操場。

上完體育課，大家餓腸轆轆，一進教室就迫不及待地打開便當吃午飯。此時阿武一聲尖叫說，他便當裏的半顆滷蛋不見了。老師要他想想看，是不是自己忘了帶，他說是自己親手把滷蛋分成兩半，一半給妹妹，一半放入飯盒，不會記錯的。身旁有同學表示，剛剛大家都在操場，也沒人在教室啊！怎麼會不見呢？

最後每位同學各挾一些菜給阿武，讓阿武開心地吃到百家味便當。

小學畢業，用功的阿珠考上初中後，又以優秀的成績被保送師範，最後成了小學老師。阿弟也很爭氣，跟著姊姊的腳步，一路順遂地站上杏壇。

由於姊弟倆都充滿力爭上游的好學之心，利用在職進修，又前後進了師範大學繼續深造。畢業後又取得高中、初中校長資格，分別在不同縣市當校長，直到退休。

我們畢業後各分東西，已數十年未見面。有一回我在電視新聞中，看到師鐸獎的頒獎典禮。從主持人口中聽到她的名字，主持人還說她和弟弟某某某，不僅認真好學，還經常贊助清貧學生，是教育界的楷模，所以雙雙獲此殊榮。

如今他們的身形雖變了，但小時候討喜的神情依舊。至於滷蛋的故事，就放在抽屜裏，不再打開。

112.4.29《家庭好時光》，「記憶的抽屜」徵文

謝天

只要二十五元

午後兩點多我正在收攤，有位白髮蒼蒼的老爺爺，拿著四腳助行器走近我攤前，問我能不能給他二十五元，他肚子餓，想吃一碗滷肉飯。我回答當然可以後，就拿了一百元放進他灰色外套的口袋。他看了又說：「不用這麼多，我只要二十五元就夠了。」我按住他要掏錢還我的手，並請他趕快去吃飯，免得去晚了店已打烊。

他離開後，隔壁攤正在喝飲料的年輕老闆問我：「阿姊，人家隨便告訴妳肚子餓，妳就給錢，妳不怕被騙？」我搖頭表示，「家父說過，一個人會向陌生人開口有所求，一定是有不得已的苦衷，尤其是老人，因為那需要很大的勇氣。更何況他要的不多，只要一碗滷肉飯，所以我不會懷疑，還很樂意相助。畢竟年紀大了記憶力差，出門忘了帶錢在所難免，要回家拿又行動不便，偏偏肚子餓，只好求助於我。」

約二十分鐘過後，老爺爺又回來了，他從口袋裏拿出七十五元銅板，放在我的攤架上，然後開心地用台語說：「多謝妳啊！午餐被妳請得很飽，這是找回來的錢，我送來還妳。」我聽了連忙要他把零錢留著用就好，不用再還我。

他笑笑地搖搖手，就轉身離去。看著他踽踽獨行的背影，頗似父親晚年的模樣，一想起父親，不知怎麼的，我鼻頭就一陣酸。

112.2.9《聯合報》

老頑童的幸福時光

謝天

每次在公園裏，遇到從教育界退休後，一直都在公園裏走動，已九十多歲的林家爺爺和奶奶時，我的心會特別的喜悅。因為從他們生活的模式中，可看出他們對生命的熱愛和珍惜，是那樣的別出心裁。

已經好久不見，那天乍見，發現他們還是老樣子，笑口常開。佝僂的爺爺拄著拐杖走在前面，遇上人就親切的一聲：「您好。」手腳靈活的奶奶，在後面移動著輕碎小步，保護著爺爺，和人相遇就微笑點頭，柔和溫暖。

雖然他們不像一般老夫妻一樣牽手而行，但是他們鶼鰈情深、童心未泯，會用不一樣的選項，來呈現屬於自己的與眾不同。偶爾兩人會同時穿印著不同國小大字的運動服。老人穿小朋友的衣服，天真無邪之外還充滿了喜感，會令人忍不住會心一笑，也會印證那是「老人囝仔性」的最佳寫照。

有時候爺爺又穿上「建中」的校服，奶奶就穿「北一女」的，還背著同色系小書包。那俊俏模樣是年少輕狂的化身，有點叛逆卻不失純真，是不識愁滋味的青春年華。

當兩老穿上胸前是自己的彩色藝術照，後面是另一半照片的休閒服時，那種我與你同在、永不分開的誓言，會讓兩顆心繫得更緊更密。那是執子之手、與子偕老的最佳見證。這樣的裝扮，對年近百歲的他們來說，除了是歡喜，還蘊藏著滿滿的幸福時光吧！

每次看到他們樂活的態度，身旁的人也會感同身受，大家被感染得笑容滿面。

由於他們經常用不一樣的創意面對日常，所以身體很健康。不僅皮膚光潔紅潤，記憶力也特別好。

看他們把每個日子過得愜意多彩，我發現一個人即使年紀大了，還是可依自己的狀況和喜好，讓腦力激盪一下，找出適合自己的點子，來改變

謝天

一成不變的作息。這樣生活不僅會有新鮮感，還能帶來不一樣的心境和活力，讓人生的後半段，同樣精彩豐富，天天開心。

111.9.26《人間福報》

那一夜，她陪我們上醫院

好久沒看到張媽媽了，昨天在住家附近的公園，忽然看到年近九十的她健康依舊，在移工的陪同下散步，感覺特別高興，因為看到她就像看到自己的親娘。

五十年前我剛結婚，就跟著外子北漂到台北工作，在通化街就租她家一個違建的小房間，租金一百五。租了兩年後我有了孩子，身為一個新手媽媽，總是手忙腳亂，尤其是深夜裏孩子哭鬧不停，難免吵到隔牆的她。每一回她都會過來關心，幫我一些忙。

有一回一歲多的兒子摔了一跤，然後就淒厲地哭個不停。她發覺兒子今晚的哭聲特別尖銳，懷疑是不是哪裏受了傷。她要兒子把左手抬高，就給糖糖吃，兒子邊抽咽邊緩緩抬起；接著她又要兒子抬右手，兒子不僅抬不起，而且哭得更兇，此時她判定右手有狀況，要趕快送醫院。

謝天

當時我身懷老二，外子又到外縣市出差，身邊沒有親友可幫忙，而剛喪偶的她居然說：「孩子我來抱，我陪你們一起去醫院吧！」我說：「外面風雨這麼大，三更半夜去醫院好嗎？」她表示救人要緊。到了醫院照了X光，發現兒子手肘有裂傷，經打針吃藥敷上石膏，回到家東方已露白。

那幾年通化街地勢低、防水功能差，每逢大雨就淹水，每一回淹水她都幫我清理，我只要把孩子顧好就行。她就是這樣，像個媽媽一樣經常幫我忙，讓初為人母的我，少了很多擔憂、多了很多信心。

子女慢慢長大後，我需要較大的空間，就搬離她家，不過只要得空，我都會去看看她、敘敘舊。她和過去一樣慈眉善目、健康開朗，讓我很開心，就像那天一樣。

113.3.18《人間福報》

居家好幫手

自從印尼移工來到我家後，我發覺她不僅能把外子照顧好，而且在她熱心相助下，為我家省下很多不必要的開銷，我也從她身上學到很多。

天氣熱，桌子上的香蕉一日熟三回，才兩天就熟成了，黑點白肉且香氣四溢。為了不浪費這些引不起食慾的香蕉，她把果肉打成泥，加上麵粉、蛋汁和少許的發粉，上面灑些核桃粒或葡萄乾（家裏有什麼就放什麼），就烤出香噴噴的香蕉蛋糕，或蒸出開得很漂亮的發糕。

處理多餘的水果是這樣，處理剩飯也有她自己的招數。把事先切丁燙過的紅蘿蔔丁、黃玉米粒、小黃瓜丁，以及煎好的鮭魚先炒香，再和剩飯一起炒，要盛盤時再撒些醬油，一盤色香味俱全的炒飯就上桌了。

還有每天洗米、洗菜的水就拿去澆花，洗衣服的水拿來拖地；三、兩天就把共用樓梯打掃乾淨；外子的頭髮長了，她也會找時間幫他修剪。反正我想不到的，她都會自己找來做，讓我不必為家事煩心。

她就是這樣，不僅廚藝好，也把家裏打掃得乾乾淨淨，還把陽台的花花草草照顧得非常好。盛開的就擺前面，不是當季的就擺後面一些，讓我每天都可看到最美麗的花兒。

鄰居常問我：「家裏多了一個外人，會不會覺得很奇怪？」而我總是回答：「家裏多了一個盡責又勤快的好幫手，我高興都來不及，還有什麼可挑剔的，對吧！」

110.10.18《人間福報》

放榜之夜的那碗剉冰

最近菜市場裏多了一攤賣剉冰的，是對小夫妻，聽說因疫情失業，有個小娃兒要養，所以先到市場擺攤度難關。

攤商們三不五時會給予捧場鼓勵。那天午後天氣燠熱，我端著一碗五顏六色的剉冰，忽然想起六十多年前初中聯考，放榜之夜吃剉冰的情景。

小時候，每年暑假的午後，南村的阿華嬸會挑著擔子，來我們劉家大院的禾埕上賣剉冰。她擔子的一邊掛著水桶，裏面放著幾塊如四塊磚頭疊高的透明大冰塊，用毛巾包著避免融化。

另一邊掛著竹籃，籃子裏有一把中型菜刀、一罐紅糖煮的糖水、一塊砧板，還有一疊外籃內白的淺碗和幾支湯匙。有人要買時，她把冰塊放在砧板，一手壓住冰塊，一手用刀在冰塊上削幾下，把削下的碎冰裝碗加點糖水，就成了我們村童心目中最嚮往、最奢侈的夏日極品剉冰，每碗兩毛錢。

以前家裏經濟差、孩子又多，兩毛錢對我家來說是大數目。每天媽媽要下田時，都會叮嚀身為老大的我要記得，看到賣冰的來，就把弟弟妹妹帶到後院土地公廟的榕樹下玩，這樣沒看到別人吃，自然就不會想吃了。

或許我的撤離動作被阿華嬸發現了，偶爾她會以不同的理由叫住我，要我回家拿個碗公來裝，和弟妹們一起吃。對於她的慈悲，我始終心存感恩。

還記得我考初中的那年夏天，氣溫屢創新高，三合院的孩子酷暑難耐，除了紛紛跳入女兒牆外的池塘泡水消暑之外，最渴望的莫過於能吃到一碗剉冰。放榜那天，我因家裏沒有收音機無法聽榜，只好早早下田去工作。幸好叔伯家都有，所以堂兄弟姊妹們，都提早等在收音機旁收聽。

當時「中國廣播公司」和「警察廣播電台」都在下午兩點整開始播放上榜名單。先是第一志願的男生榜，每個名字念兩遍。男榜報完換女榜，依此類推。我因為運氣好考到很前面，所以他們很快就從不同電台，聽到我的名字了。

聽到後，不畏太陽炙熱，不畏碎石子的馬路又燙又尖銳，就赤著腳跑到離家兩里外的田裏告訴我。看到他們滿身大汗，又驚又喜卻咿咿呀呀說不出清楚的憨模樣，我既心疼又感動，淚珠兒直直落。

媽媽為了感謝他們那份真誠的情義相挺，傍晚時分給了我十枚一毛錢的銅板，要我到街上買冰塊和紅糖，晚上要請大家吃「剉冰」。為了善用有限的資源，我先去買冰塊，因為冰塊不能零買，再把多餘的錢買紅糖。

當我扛著用草繩綁的大冰塊，氣喘吁吁地回到家門口時，媽媽幫我卸下，清洗乾淨後，放入大水桶裏，用刀背敲碎，還加了一大勺的冷開水來充量，然後倒入紅糖，並在後院摘了幾顆檸檬，切成薄片加入。

那天是農曆十五，皓月當空，晚飯後當媽媽把桶子提到禾埕上時，我們所有的堂兄弟姊妹都鼓掌叫好，每人或坐或站地端碗吃剉冰。雖然那只不過是加了冰的微甜「冰水」，但是能在大熱天的月光下，吃上這麼一碗消暑的冰品，對我們來說特別有意義，那種透心涼的感覺至今難忘。

如今手捧的是加料又加色的超級冰品，但是我卻吃不出那一年放榜之夜，所吃到的那碗最陽春的「剉冰」的美好滋味。

或許是它少了濃濃的手足之情和滿滿的祝福，還有我們知足純真、一無所求的赤子之心吧！

111.10《警友之聲》

孫子魅力無法擋

經常一起爬山的張哥，這陣子除了眉開眼笑之外，同伴遞菸時還雙手作揖，表示從孫子出生那天就開始戒菸了。

他此話一出大家驚喜，因為多年來有心臟病史的他，醫生早就勸他，為了健康要把菸戒掉。但是他覺得自己又沒什麼嗜好，只是偶爾抽根菸而已，為什麼就不行？他很怕生活裏少了菸之後，什麼樂趣都沒了，那人生還有什麼意義呀！

如今的他為了要抱孫子，要聽聽孫子的笑聲，居然把幾十年的菸癮戒掉了。這讓張嫂搖頭大嘆，一個才出生一個月的小孫子，魅力居然如此之大，真是不可思議。

張哥為了孫子，一向只坐不動的他，開始會整理屋子，把用不上的東西回收，讓屋裏寬敞，方便小孫子玩耍；陽台也要清洗乾淨，免得有灰塵或蚊蟲，弄髒了小衣服。另外他也常逛玩具店，研究著該選擇怎樣的玩具讓孫子玩，才安全有趣；得空時他還到書店童書區，準備買一些繪本，為孫子講故事或做文字的啓蒙。

總之，自從張家阿孫出生之後，張哥好像變了一個人似的，不僅說話三句不離孫，還幫孫子打點吃的用的，既忙碌又歡喜，也讓身邊的我們這些朋友分享了他的喜悅。

難怪他的兒子阿傑看到張哥有孫萬事足，整個人都充滿活力之後，都會說：「早知道爸爸當阿公會這麼不一樣，五年前剛結婚時就該生小孩了。」每回兒子這麼說，張哥一定斜眼瞪他，然後父子笑成一團。

110.12.6《人間福報》

給歸零後重新出發的你

無意中在電視新聞上看到你因聚賭，怕被臨檢的警察發現，就從三樓一躍而下摔斷腿的畫面。看到這樣的消息，真的替你難過。明知賭是害人的，為什麼就沒有戒賭的決心，讓自己一再地陷入深淵爬不起來呢？你不是曾經答應過我，為了年邁的媽媽和年幼的孩子要戒賭了，要改邪歸正，要重新做人，要安分守己、努力工作，要給媽媽和女兒安定的生活嗎？怎麼才沒多久，現在又上社會版頭條了呢？

那天到醫院看你，看到你媽媽為了照顧你，滿臉焦慮倦容的樣子，以及你那三、四歲的女兒，一直說：「爸爸要快好快回家。」聽得我的心好酸。原本你是這對老小的依靠，是她們的天和希望，但是你卻不爭氣、不學好，願意自甘墮落，不僅沒給她們安全感，還要讓她們擔心難過，真的很不應該，也讓人感覺很失望、很遺憾。

謝天

雖然我不是你的親人，但是我們親勝家人。多年來你一直稱我一聲「大姊」。記得我剛結婚時就租你家房子，你的父母待我如己出。因我的另一半服務警界，勤務忙很少在家。我孩子還小時，初為人母的我，總是手忙腳亂，不知如何是好，一個人忙進忙出亂成一團，此時他們都會幫我分攤照顧。尤其孩子生病時，我一個人要照顧兩個，一個要安撫、一個要餵飯，實在力不從心，幸好他們都義務伸出援手，這讓我很感動。

就因為這種親如家人的疼惜，所以我一直很感謝他們，即使後來我有了房子，搬離你家後，還是有互相往來。我們一家離開後，你慢慢地長大了。或許你是獨生子，又是父母年紀大後才生的，所以特別受寵。也因為你備受呵護，不僅讓你沒什麼責任感，不知生活的不易，一直躲在父母的庇佑下長不大。高興時就工作，不高興時就宅在家，反正家裏不缺你一雙筷子。

你除了工作收入不穩定外，更糟的是還學會了賭。偶爾賭輸錢時，會找我借三千、兩千，我看在你父母過去對我們的照顧，一開始我不好意思

拒絕。但幾次過後，在我一再地拒絕下，你氣得轉頭就走，從此我們形同陌路。

那天在醫院裏，看你一手摟著女兒，一手握著媽媽的手，把頭低到要碰到床單默默地流淚，半句話都沒說。看到一向桀驁不馴、目中無人的你居然會掉下男子淚，我知道這次你真的知錯了。

看到你因賭字輸掉婚姻、輸掉金錢、輸掉父母的希望，連自己的腿都輸掉了，輸到一無所有，真讓人難過。如今你能真心地懺悔，我替你高興，也願意助你一臂之力。

希望你忘掉過去，一切重新開始。學會腳踏實地、一步一腳印、認真工作、用心照顧家人，做一個能承擔責任的人。

你還年輕，有好體力，人生的路還很長，只要肯虛心學習、肯吃苦耐勞，遠離賭字，相信一切都會好轉的。這樣既可讓老媽媽安心，又可讓女兒平安長大，這些對你來說才是最珍貴的，祝福你。

109.9《警友雜誌》

愛、生活與學習

每天到信箱拿報紙，若鄰居看到我手上的《國語日報》，大部分都會說：「《國語日報》是份好報紙，以前家裏也訂，不過現在孩子長大了，就不再訂了。」

每次聽到這些話，我都會笑著點頭，然後回答：「已經看了三十多年了，因一路走來全家大小從中獲益良多，所以即使孩子都長大了，我們一家還是把它當成最豐富的精神糧食。」

或許是每個人看報的習慣不同，所以選擇先看的版面也不一樣。大概我是家庭主婦，所以拿到報紙，我喜歡先看家庭版。在家庭版裏有許多和家庭相關的篇章，不管是育兒經驗或親子互動，都讓我學會很多理家經驗，讓家人因互動良好，感覺更溫暖。

孩子們在初學階段，因認字有限、表達能力差，所以他們最喜歡兒童版。我自己先示範報紙用「讀的」，我發覺用讀的要比用看的來得實用。因為用看的，對於不認識的字很容易跳過，用讀的就不然，必須停下來拼注音符號，才可以繼續讀。

我覺得讀報紙，不僅讓孩子多認識字，還在無意中訓練了口才，說起話來口齒清晰而且很順暢，這對日後的表達能力很有幫助。另外，兒童版裏的許多精彩創作，孩子們在長期閱讀之後，也獲得啓發，提高作文的興趣和素質。而我自己的台灣國語，也因為每天陪孩子讀報紙，也改善進步很多，這對我日後的演講很有幫助。

《國語日報》除了家庭版和兒童版之外，漫畫版也是我們一家的最愛，生動活潑的插圖加上簡短有趣的對話，總是讓人發出會心的一笑。

而生活版、藝術版總會提供一些生活和藝術的點滴，不管是建築、料理、旅遊或一些藝術創作，真是五花八門、無奇不有，在滿足好奇心之餘，還多了無數的知識和見聞。

對於好書大家讀的介紹，我是每版必看，因為市面上類似的書很多，

謝天

不知如何選讀。而透過介紹，我們很容易選讀到自己喜歡的。《國語日報》雖屬小版型，但它內容豐富，很適合全家大小閱讀。國內外重大新聞一則不少；社會版裏都是正面溫馨的。《國語日報》就是這樣，用不同的內容來滿足不同年齡的需求，多年來我們一家透過它，享受學習的樂趣，豐富了精神生活。

108.10.25《國語日報》

感謝她讓我認識茶

家父是無茶不歡的愛茶人，每天下田時一定會泡上一壺茶帶到田裏。身為小跟班的我，都要跟在身邊拔草，照顧弟妹。偶爾口渴想喝水，父親就會從茶壺裏倒一小杯給我喝。

每當我喝茶時，就感覺滿嘴苦澀，連忙吐掉，改喝白開水。有時不小心喝入口了，那天晚上精神就超好，整夜輾轉難眠，好不容易睡著了，天已經亮了。因為沒睡好，第二天上學就常打瞌睡，老師的粉筆頭經常咻的一聲投過來，才讓我驚醒。

因喝茶讓我有這麼多很不好的經驗和感覺，所以我一直敬而遠之，好多年不再喝茶，直到有一天遇上她。她家離辦公室近又是單身，得空時都會邀同事去她家喝茶聊天。

她擅茶道，對選茶品茗有獨到的見解。常聽她從一片茶葉放入杯中後，慢慢地伸展，講到人生；從茶壺和茶杯比喻父母和孩子的親情連結，或情人的親密關係；從茶剛入口的苦，到之後的微甘和溫潤，講到人生先苦後甘的哲理，每段故事都讓我心悅誠服。也慢慢地在她細心調教下，開始接觸茶，從微淡開始先喝一口，再循序漸進，視喝過的感覺及茶葉的習性，所帶來的影響，慢慢地改進喝茶的量和適應度。

在她引導下，我才知道茶裏乾坤大，壺中日月長的各種道理。如今我喜歡茶，喜歡喝茶的優雅，喜歡喝茶後由苦到甘的美妙感覺。

111.11.21《人間福報》

感謝保險員

那天忽然接到以前的保險員陳小姐的電話，她告訴我自己要退休了，往後如果有有關保險業務的問題，可找某某小姐，她會認真地替我服務。她很感謝我，當初幫了她很多忙。

其實一開始，我並不認識她，是她常來找我隔壁攤的阿如收保險費，才這麼認識的。當時她看我生意好、有能力，除了介紹我做些終身的醫療險之外，也會介紹我做一些零存整付的儲蓄險。

她三不五時就蹲在我身邊，趁著我做生意的空檔，介紹一些新產品給我，希望我能給她一點業績。說真的，當時我對儲蓄險沒概念，而她卻說不停，偶爾我心煩就直接告訴她：「為了您，我經常在繳錢繳錢的，又沒看到錢，拜託以後不要再來找我了……」

而她耐心十足，每次我沒好口氣時，都會低聲下氣說：「您幫我忙讓我有業績，又幫您自己存了錢，一舉兩得很好耶！說不一定日子一久，當您發覺自己無意中就存了很多錢時，還會感謝我呢！」

她就是這樣不疾不徐地「好言相勸」，我常因不忍心拒絕就賣個人情，於是繳完一張又一張，繳了台幣又繳美金。有年繳十萬滿六年就可取回，不取回以一般定存的雙倍複利計算的；也有年繳二十一萬，繳完十年每年領回十五萬領一輩子的。當時因大環境好、收入多，每個月丟個三、五萬倒也輕鬆，感覺沒多久就把所有該繳的費用都繳完了。

由於每個產品性質不同，繳完後獲利的情況也不一樣。有的分紅直接加入本金，或隨時提撥；有的每年給利息直撥帳戶，只要不解約，即使哪天我走了，家人還可以繼續領。由於我一直有收入，家裏又只有兩老，開銷有限，所以從來沒去動用它們。

如今每次收到不同銀行的通知，問有否需要做更改匯息或分紅的帳號時，我才發覺原來當初不經意丟下去的小錢，經過了一、二十年的翻轉，居然能積少成多，為自己存了一筆老本。

那天接到她辭行的電話，我感謝她不計前嫌，願意來電告知，也趁此感謝她，當時不厭其煩地説服，才讓晚年的我可以無憂無慮。

111.12.27《中華副刊》

新四人幫之家

巷口八十多歲的朱大姊，已守寡多年，子女都不在身邊。她有感於一個人住，真的有很多不便，想講話找不到對象，想出去走走又沒伴，有時外食吃膩了自己煮，少了不好煮，煮多了又吃不完。

有天她忽然突發奇想地想徵室友，希望能找到和她有同樣需求的人。於是她開始在讀書會、志工團及早晨一起跳舞的舞伴中發布消息，希望有可以共度餘生的朋友。

經過三個多月的尋找溝通後，有三位和她年齡相近、從不同行業中退休、各有所長，又沒有另一半的姊妹住了進來。由於她家在一樓出入方便，有三個空房間，是房盡其用。這些室友每個月要交一萬五千元，做伙食費和水電費，朱大姊因提供房間所以不付費。她們分兩組，每一組負責一星期的採買及烹調，菜單都經過設計，帳目也透明，每個月有多餘的就留作旅遊基金。

就這樣四個沒有血緣的老女人，因志同道合，把作息規劃得很靈活，要上課、看展覽、聽演講或運動、旅行，都四人同行，三年多來相處甚歡。或許她們為自己的第三人生找到了歸屬，彼此有很好的共識，大家過著經鬆自在的規律生活，所以每個人看起來都神采飛揚、精力充沛，那神情和實際年齡落差很大。

每次有人問朱大姊，為什麼妳們可以相處融洽、情勝親手足？每一回她都笑著回答，大家既然有心要住在一起，就要放下堅持，懷著寬容之心相互扶持，日子才能過得長久又快樂。

她的幾句話道盡了人與人之間和平共處的重要，是很值得學習的。

112.1.27《聯合報》

謝天

當兒歌響起

那天午後陪外子去醫院回診，候診室人滿為患。多數的長輩都坐在輪椅上，身邊有看護或家屬陪著。年輕人低頭滑手機，熬過這漫長的等待。長輩們有的瞌睡連連，有的唉聲嘆氣，嚷著：「還要等多久才會輪到啊？」

正當大家無奈抱怨時，出現了歌聲：「妹妹背著洋娃娃／走到花園來看花／娃娃哭了叫媽媽／樹上小鳥笑哈哈。哥哥爸爸真偉大／名譽照我家／為國去打仗／當兵笑哈哈……」

當這些充滿童趣的兒歌忽然響起，讓這些阿公阿嬤眼睛大亮，紛紛抬頭四處搜尋歌聲來源。結果發現她白白胖胖的，穿著紅外套，戴著黑絨帽，坐在輪椅上，在飲水機旁等候，兩眼無神地唱著。

據看護說：「她已九十二歲，失智好些年了，什麼都記不得，只記得這兩首歌，清醒時就像錄音機，不斷地地重播，不管白天黑夜唱個不停。」

那天阿嬤就這樣反覆地唱著，聲音忽高忽低。有長輩們聽了一開心，也跟著唱了起來，有一句沒一句的。雖然五音不全，歌詞也常接錯，但是那感覺是輕鬆愉快又療癒的，也因此讓大家忘了等待的焦躁。

或許阿嬤不知道，她無意識的歌唱會舒緩了大家的身心。然而身為陪病者的我，還是非常感謝她，是她天真無邪的兒歌，才讓候診室裏多了溫暖和笑容。

111.5.17《人間福報》

緣

每次聽到有人說，人與人可以相遇是緣分時，我就會想既然這樣，那麼人與狗兒能相遇，也一定是有緣分囉！

阿福是我的鄰居，從南部北漂的年輕人，在貨運公司工作，經常會到全省各地送貨。長得黑黑壯壯的他很喜歡小動物，雖然收入不是很多，但只要有機會，都會為流浪的毛小孩出錢出力。

記得兩年前，阿福養的雪納瑞——露比，在一個清晨跟著他去買早餐時，因他點完餐後，顧著滑手機，本以為露比就在腳邊，沒想到一個閃神，露比就不見了。

露比是四年前他一位女性朋友因為要到國外念書無法照顧，才送給他的。一開始他也不會照顧，只好請狗店老闆幫忙。慢慢地他從生手到熟手，不管餵食、幫露比洗澡、梳理毛髮、修剪腳指甲……他都不假手於他人，一切自己來。他表示這樣做可以親近毛小孩，培養彼此的感情，也可以省下一筆美容開銷。

露比是母的，有六公斤重，一雙又大又圓的眼睛水汪汪的，黑白分明的捲毛總是被打理得乾淨發亮。牠乖巧、聰明、活潑，人見人愛。由於牠不亂吠、不咬人，又愛黏著人，任何人一靠近，牠就像久逢知己一樣的開心，所以被抱走是意料之中的事。

露比忽然不見，讓阿福很自責，怪自己為什麼那麼愛滑手機。一開始他放下工作，每天從早到晚，就在早餐店附近繞來繞去，並喊著露比的名字，希望能遇見露比，結果連個狗影子都沒有。接著他又在早餐店附近貼了很多尋狗啓事，也都音訊全無。他也在網路上PO文，並貼上露比不同角度的照片，希望網友們能幫忙尋找，最後還是失望。兩個月沒結果的努力，讓他萬念俱灰，只好放棄尋找。

為了重享有狗兒相伴的日子，也為了彌補對露比的思念，他想到到狗園認養一隻。那天下午好奇的我，坐上他的車子，和他一起到某專門收容流浪狗的狗園，去看看有沒有和他有緣的狗兒。當工作人員領著我們進入園裏，就看到十幾隻不同顏色、品種，不同大小的狗兒正朝著我們看。

阿福蹲下身子展開雙臂，對著一隻中型白黃相間的柴犬露出淺淺的微笑，結果柴犬不僅沒靠過來，還對他大聲地吠著。旁邊的幾隻大狗看了也跟著吠。就在吠聲此起彼落時，有一隻淺灰色的雪納瑞，從遠遠的角落，以很快的速度衝向阿福的懷裏，而且不停地跳著，一副高興的模樣。阿福抱起它，高興地掉下眼淚，直說：「就是你了！我們真有緣，能在這兒相遇。」

阿福懷著迎新朋友的心情，接牠回家。由於他有養過雪納瑞的經驗，所以照顧起來得心應手。他稱牠小露比，這樣感覺更親。由於他知道小露比是愛漂亮的妹妹，所以他幫牠的頭髮染成粉色的，並紮了一個沖天辮，好可愛。

小露比愛喝養樂多牛奶，每次喝完阿福立刻用溫的溼毛巾，幫她把鬍子擦乾淨，免得鬍子變黃。小露比愛玩，所以阿福經常帶牠去公園散步，並交些不同的朋友。

由於小露比能吃能玩，已從原來的四公斤胖到七公斤了。因牠的毛又捲又多，從後面看起來，圓滾滾的體型非常像小綿羊，走到哪兒都是最吸睛的。

小露比的俏模樣人見人愛，又喜歡親近人，為了不重蹈覆轍，阿福不管到哪兒都帶著牠，彼此成了最親近的家人。阿福常說小露比較貼心又善解人意，能遇上牠是緣分，他一定會把牠照顧好，讓牠快樂過日子。

108.7《警友雜誌》

再苦，也要笑著過好日子

我家這幾年一直有請印尼移工，來照顧無法自理生活的外子。在不同的移工身上，我發現這些遠渡重洋來的女孩，有很正能量的特質，就是喜歡笑，臉上總是掛著笑容，來應對長時間的工作。

那天家裏的Dewi（台語茶米）才照顧外子吃完午餐，他馬上忘記，一直大聲問她，「為什麼不給飯吃？」她笑著回答：「阿公吃過了，等一下再吃喔！」儘管如此，外子還是又氣又吼，而她依然笑著安撫，讓我忍不住不斷地向她道歉。

她表示沒關係，還告訴我，當初她決定要來台灣時，媽媽就一再地叮嚀她，到了台灣要好好工作，把長輩當親人來照顧，這樣心情會好一些。不要怕工作量多或挨罵受委屈，因為老人的情緒經常會不穩定，萬一遇上困難，不能沮喪，再苦，也要笑著過好日子。媽媽的話她一直記著，凡事不忘初心，每天以平常心面對，笑一笑就好了。

她的話讓我如夢初醒，對哦！每天能笑著過日子，那會多輕鬆自在呀！我怎麼就沒想過，笨哪！

113.2.25《聯合報》

莫道桑榆晚

結束了一個多小時讚美操的舞動，七老八十的姊妹們，紛紛坐在榕樹下的石椅上，搖扇納涼聊天。

陳姊說最近老睡不好，一個晚上如廁好幾次；張姊說每次洗頭，頭髮都掉一大撮，再這樣下去有天要變光頭婆了；李姊也不甘示弱地表示，冬天還沒來，這幾天她的膝蓋就隱隱作痛了，比氣象報告還要精準；此時吳姊也表示，自己眼眶經常酸痛、流眼油，逼得她不敢再追劇，不敢再看臉書；一向很少開口的鳳姊也搖頭說，自己的牙齒好像要出狀況了，遇甜、遇冷都痛，讓她看著剉冰直流口水……

或許是大家都有年紀了，身體多少都有小毛病，於是趁著聚在一起倒倒垃圾、討個安慰，也分享別人的經驗。

就在大家為老來身體的微恙，發出抱怨和憂心時，已九十二歲高齡、樂觀知足的高大姊，先是呵呵笑了兩聲，然後語重心長地表示，自古以來沒有人願意老，老了也沒有人會可憐，因為這是不可逆的自然定律。人的身體機能本就會隨著歲月的流失而老化，有了故障就修復一下，再小心保養繼續使用，等租用時間到了，老天爺自然會收回去。她還說雖然我們的身體，因年老而有所失調，但是我們也因為走過漫長歲月，而變得見多識廣，學會應對進退，會以同理寬容之心去待人處事。

也因為有了年紀，才有穩定的經濟基礎，無後顧之憂可以在這兒納涼跳舞。三不五時社區辦公益活動，大家才有能力出錢出力，去幫助需要幫助的人。諸如此類，都不是我們年輕氣盛時可以做到的。但是經過歲月淬鍊的我們，如今卻有餘力去完成，這是千金難買的。所以大家要往好處想，善用我們現在的優勢，敞開心懷過好當下的每一天。古人不是說了嗎？莫道桑榆晚，為霞尚滿天。

高大姊的一席話，讓大家睜大了眼睛，信心滿滿地樂開懷，可不是嗎？我們辛苦了大半輩子，子女已長大成人，如今是人生中最無牽掛的時候，是該好好地犒賞自己，過過自由自在的生活了。

112.8.7《人間福報》

第四輯

謝天

謝天

那些年，我常陪父親釣魚

市場口有位大叔蹲在地上，賣著自己釣來的各種魚。有位父親牽著女孩開心地來買魚。

看到這對父女，讓我想起小時候陪父親釣魚的情景。我家三合院女兒牆外，有一口大池塘，池裏有養魚，還種了幾株荷花。

池岸上種有楊柳和大王椰，從四、五歲開始，父親常趁下工後的傍晚，帶著我坐在池邊釣魚。我們的釣竿細細長長，尾端綁了一條尼龍線和一枚小魚鉤，線上綁了浮標。

每次出門前，父親會在後院的香蕉樹下，挖幾隻蚯蚓當魚餌。到了池塘，父親先撒些炒香的粗糠，讓魚兒聞香而來，此時我們再甩下釣竿。

當釣竿入水後，我們就靜坐在岸邊等待。此時父親會告訴我，釣魚可以培養耐性和觀察力。浮標偶爾動個一兩下，不要急著提起釣竿。看到浮標往下沉，代表魚兒已上鉤。此時一隻手把釣竿慢慢提起，另一手要立刻伸出撈魚網把魚撈住。

每次釣魚，父親除了教我一些技巧，也會講些童話故事和我分享，讓我覺得釣魚是很有趣的事。父親常指著周邊景物，告訴我大自然處處皆文章，要我細心觀察，並從中學會觸景生情，因為自然界的一切，會隨著物種的律動，帶來不同的季節。

因此，他經常隨著季節的變換，教我背一些和季節相關的簡單詩句。例如：春來了，池裏的鴨子整日在水裏優游，是「春」江水暖鴨先知。當池裏的小荷才露尖尖角，就是「夏」荷將綻放的季節。當院子裏的楓葉開始飄落是入秋了，一葉知「秋」。向晚時分若常見伯勞飛翔，是候鳥來過「冬」了。

父親就是這樣，把無所不在的自然萬物當教材，讓我認識大自然的奧妙，還提醒我不管花開花謝，都要珍惜和感恩。儘管當時年紀小還不識字，要學要記不容易，但是他不厭其煩一字一句重複地教我，直到我能把它當兒歌唱。

那時候一直很喜歡陪父親釣魚，總覺得平時一臉嚴肅的他，只有在這樣的時刻，才特別和藹可親。

雖然陪父親釣魚的日子不長，因弟妹們陸續出生，我必須幫忙照顧而結束。但是數十年來，我不曾忘記那段父女共處的時光，那是純稚童心的啓蒙，也是濃郁父愛的滋潤，更是靜好歲月的守護。

112.5.28《中華日報》

起床時，輕握你的手一下

天濛濛亮，氣溫很低，我小聲說：「起床囉！」然後輕握他的手，為新的一天揭開序幕。

或許我們是經歷過很多的挫折，最後好不容易才成為家人的。又或許成家之後，需要面對很多我們從未想過的狀況，包括突然的意外和層出不窮的各種經濟、人際的壓力。

因在克服的過程中，常因事、因人的不協調，讓我們心力交瘁，感受不到付出和收穫的對等。這讓我們體會到，要維持一個家不容易，需要兩個人有共識，同心協力，一步步地踩穩腳步，才能披荊斬棘走下去。為此，我們許下心願，往後無論日子過得如何，都要攜手挺過。

記得有一回我因子宮外孕昏倒，因出血過多手腳冰冷，幾乎失去生命跡象。雖然外子不斷地呼喊著我，而我卻沒有反應，這情況讓他嚇呆了，他以為我將從此消失在他生命裏。幸好經過急救輸血後，我恢復健康。

這次的衝擊讓我們體認生命的無常，許多的困境都有可能隨時發生。因此我們學會珍惜彼此，希望在愛的路上並肩同行、相互依存，共生共榮過一生。為此我們約定，往後每天清晨先醒來的人，就要握一下對方的手，感受一下彼此的溫度，這是不需言語的承諾和關懷。

握這個手除了讓對方知道，我們是一體的，也讓自己知道對方很平安，手是溫熱的。這個動作對我們來說，是嶄新的一天中美好的開始，是神聖真誠的。

從那以後，我們之間不管發生什麼事，即使前一晚有不愉快的摩擦，先醒來的人還是會握對方的手，那怕對方怒氣未消把手縮開，這個動作依舊。

在幾十年的婚姻中，我們曾因不懂經營而跌跌撞撞，弄得灰頭土臉；在經濟上也曾因受騙，血本無歸而導致三餐不繼；也曾因家人生重病，籌不出龐大的醫藥費，而手足無措。

然而，再多的困頓都沒有把我們擊倒，因為我們有團結堅強的決心去面對。每天黑暗將盡、黎明將現時，只要那輕輕的一握，我們就信心大增，很開心地迎接新一天的到來。

尤其是這幾年，他年歲漸長，身體健康狀況大不如前，所以我覺得這個儀式，對我們來說更加珍貴和珍惜，我們會一直繼續下去。

111.2.14《聯合報》

這是我該做的事

今年四月的有天早上，家裏來了全副武裝的一名醫生和護理師，幫外子打疫苗。打好後吩咐了一些該注意的事項就離去了。

隔沒多久他們又回來，本以為他們遺忘了帶的東西。沒想到醫生一進門就急著問外子，三十多年前是否曾在中山分局當過刑警？外子答：「有啊！」還說當時帶隊的組長，就是今天的新北市長侯友宜先生。

醫生說：「這就對了，原來我沒記錯。」他接著問外子，記不記得在某年的某個路段，處理過一樁嚴重車禍。此時外子搖搖頭表示，服務警界四十年，這樣的事處理過太多，真的記不得了。

原來這位醫生當年就讀建中，早上才到學校，媽媽就來告訴他，爸爸在上班途中發生意外，母子連忙趕到車禍現場。他們一看到爸爸的慘狀，害怕、傷心、不捨，就放聲哭喊，卻沒想到要為躺在路旁、等待法醫來驗屍的爸爸，找個什麼來遮蓋大體。

過了好一會兒，看見一個騎著野狼125機車的年輕人，從車箱拿出一條新的床單幫大體蓋上，四角拉平整後，還雙手合十行禮。

此時這位同學，以為他就是肇事者，連忙跑過去用力推他一把，還罵他：「別以為撞了人，用一條床單就沒事了，沒這麼簡單，還我爸爸的命來。」現場值勤的警員看到了，趕緊把他拉開，並告訴他，對方是中山分局的便衣刑警，他是來陪檢察官相驗作筆錄的，不忍心看他爸爸在大太陽下曝曬，就自掏腰包去買了床單。

他聽了很慚愧，事後特別打聽到他的名字，所以對這個名字印象深刻，幾十年來不曾忘記。剛剛打疫苗核對名字時，就覺得這名字很熟，偏偏想不起來在哪兒見過。沒想到才走到大門口就想起來了，特別回來求證。結果他很有禮貌地向外子深深一鞠躬，感謝外子當年的協助，也為自己當時的無知和衝動感到抱歉。

外子告訴他，因工作的關係，每次有事故發生，自己都會比家屬早到現場，要做相關的採證和維持現狀，還要聯絡家屬和檢察官，每個過程都需要時間。每次看到不幸的人，在等待家屬來認領的同時，自己都會趁工作之便，為不幸者盡點心，是自己該做的事。

111.12.30《聯合報》

微溫的四神湯

一連幾天的冷氣團來襲，讓氣溫驟降。夜裏，鄰居陳姊送來一碗四神湯，溫溫的還四溢著特有的香氣，捧在手心滿身溫暖。場景卻回到一年多前，在某醫院雙人病房中的一對父子身上。

那是疫情嚴峻的冬夜，醫院規定沒有特殊情況，不能探病，只能一人陪病。時近凌晨，隔壁床九十多歲的阿伯，忽然大聲嚷著，要吃溫溫的四神湯。他滿臉倦容的兒子看他難得有食慾，立刻下樓買回三碗（因外子還在禁食），希望我也能分享。

住院後一直在昏睡的阿伯，那一晚精神特別好，和兒子談古論今地聊個沒完。雖然他一再地表示，這輩子能吃到這麼高檔的美食，很高興、很滿足，但是他終究只喝了幾口湯就睡了。

兒子告訴我，爸爸以前在私立高中，當了四十年的訓導主任直到退休。因工作關係，所接觸的都是叛逆期的青春少年，行為偏差又不喜歡讀書。對這樣的孩子他很在意。他認為孩子本性不壞，反應快、有點小聰明，只是愛耍帥、愛面子，若能給予正確的導引，一定不會誤入歧途。

為了讓孩子有信心，珍惜就學的機會，他省吃儉用地自設獎學金。只要不翹課、不遲到早退，成績比上次月考有進步，就有三百元。

他的獎金不多，所訂的門檻也不高，考試不一定高分，但是品行很重要，不能再犯錯，只要合乎條件就可以得獎，若是清貧子女就領五百元。或許這份「獎學金」對某些孩子來說，是一份至高無上的榮耀，於是人人都想爭取。一些原本愛逃課的學生，自動重拾課本，回歸教室認真學習。

孩子們有了目標，不僅成績慢慢進步，言行也漸漸邁向正軌。當他看到曾經桀驁不馴、滿口髒話還叼著菸的孩子，變回儀容整齊的學生，心中的驚喜比起他們的父母是有過之而無不及。

他就這樣，一屆接一屆，數十年來曾經接受他幫助的學生很多，如今多是社會的中堅，他們也要傳承主任精神，為迷途的孩子點上一盞燈。

當他說到爸爸有幾次因發不出獎金，還找外公借貸時，便咽地淚流滿面，心疼爸爸一生連一碗廉價的四神湯都捨不得吃。偏偏今晚的爸爸很反常，居然會想要吃，這動作讓他很擔心，很害怕有萬一。畢竟在記憶裏，爸爸不曾這樣寬待過自己。

聽到老伯一生為教育捨己為人的奉獻精神，我很感動。心想，他明天醒來時，我一定要向他深深一鞠躬，聊表對他的敬意。

當夜深人靜時，我在睡夢中被急促的腳步聲驚醒，原來老伯突然呼吸困難要送去急救。一直到天亮，外子要出院了，都還沒看到老伯回病房。而我又不能去看他，一顆心很糾結，只希望他能平平安安的。

112.1.16《人間福報》

暖冬

婚後每次在冬天回娘家時，媽媽總是會煮個麻油雞或麻油麵線給我吃。她覺得我每到了冬天就手腳冰冷的毛病，能透過吃麻油料理得到改善，所以每次回娘家，我都沉浸在暖暖的母愛裏。

自從媽媽過世後兩年多來，我從不敢奢望回娘家時還能吃到屬於暖心的佳餚。那天回美濃為夫家姊夫上香，趁機回娘家一趟，並未事先告知弟弟夫婦。

本以為我的突然回家，可以減輕弟媳的忙碌，但是用餐時，餐桌上還是出現了媽媽健在時，特別為我煮的麻油美食。弟媳邊幫我裝碗邊說，「以前媽媽知道您要回來，一定要煮個麻油雞幫您暖身子，這些我記住了。如今雖然媽媽不在了，但是我會傳承媽媽的心意，讓您感受同樣的媽媽味道和溫暖，所以希望您有空常回家走走、聚聚，家裏有我們在，一切都和過去一樣。」

聽到弟媳一番貼心話，我不僅一顆心暖呼呼的，連眼眶也發熱了，也覺得今年的冬天特別溫暖。

112.2.1《聯合報》

溫馨五月最思親

謝天

我喜歡把蒔花種草當休閒，忙完了工作，站在花前撥撥弄弄，煩躁的心情會因花兒的繽紛，和枝枒中迸出的綠點新枝，感到喜悅和充滿了朝氣及無窮的希望。

由於一直以來院子裏的花兒，總是會因季節更迭開放，所以整個院子，一年四季都滿園花開，花語花香隨風飄送。有花香花影，蜂蝶必自來，飛舞其間像跳耀的音符，叮咚左右。鳥兒也躬逢其盛穿梭築巢，為完成孕育而歡喜歌唱。

為了讓日子過得更生動有趣，我會刻意種下不同的盆栽，方便隨時移向不同角落，欣賞不一樣的風采。例如報歲蘭花開時，我會把它移上書桌，讓有王者之香的香氣四溢。那樸拙淡雅的清香，總讓書房多了一份似有若無的雅緻，置身其間要書寫或閱讀，自有它的舒適、寧靜、祥和。

如今是春末初夏好時節，氣溫漸暖，有母親之花的「康乃馨」（又名石竹花），已陸續地綻放了。它有單瓣和複瓣，有些花瓣上端有齒痕，花型中小型，微香。枝幹似竹節挺拔翠綠，不管盆栽和剪枝插瓶，都各有風情、儀態萬千。

它們是自然界的報信使者。每年隨著五月的到來，為了慶祝母親節，它們會不約而同陸續地盡情展示各種風姿，一起歌頌天下母親的偉大。

過去我只種粉色和紅色的康乃馨。由於它一年四季都會開花，花期又長，所以只覺得有兩個顏色就足矣。但是自從母親仙逝後，對母親的思念與日俱增，於是我開始種上不同的顏色，如淡黃、蘋果綠、紫色，還有複色，真是色彩豐富、不一而足。

會種上這麼多種顏色，只是單純地想利用不一樣的色彩，來代表母親精彩百歲人生中的各個階段。畢竟年幼時和年長時，對母親的印象，會隨著年歲增加有所差異。而以花色來區分，會發現對母親的記憶，變得層次分明，不管坎坷和順遂，是年輕還是年邁，都有它不一樣的深刻體會。

最最重要的是，不管在什麼階段，或任何狀況下，唯一不變的是，母親為子女無怨無悔的付出，以及始終如一的深深母愛。那是彌足珍貴，值得我終身懷念的。

111.5.31《人間福報》

謝天

一一三年三月五日的早上，外子和往常一樣，一大早起床後就坐在沙發上看電視兼打瞌睡，六點多我出門時，還跟我話家常。

我九點多外出回來，看護Dewi告訴我，阿公八點吃麥片時有吐。由於他平常食慾佳，這是幾年來不曾有過的事，所以她問阿公，「有沒有不舒服？」「沒有。」「要不要去醫院？」「不用。」他精神很好，回答得乾淨俐落，所以她就放心去忙別的事了。

而我進門後，他也是坐得端端正正的，就像每天一樣正在打瞌睡，因此我沒有絲毫的懷疑或警覺，總覺得這就是他的日常，睡幾分鐘後醒來就吃些小點心，然後繼續睡。

後來是他連續喘了幾口氣，而這現象是曾經有過的，當時喘得又急又快，救護人員來後，幫他掛上氧氣罩送醫就好了。而這次他喘得輕微，所以我天真地想著，一切和上次比照辦理就會沒事的。

沒想到當救護人員來到時叫不醒他，再測試心電圖，才發現他已沒心跳。這一發現讓沒有任何心理準備的我，如墜入萬丈深淵，眼前一片黑暗，手腳發抖，不知該怎麼辦。因為孩子們都在外地工作，一時之間趕不回來，家裏就我和看護兩人。

就在我腦子一片空白、不知所措時，樓下的淨土宗佛堂的師父們，開始到我家助念，還安慰我要放心，要為外子能無病痛地離開而祝福，因為這是天大的福報才有的善終。

就這樣師父和志工們輪流到我家助念八小時，每兩小時換一班，祝外子往西方的路上一路順暢。此時子女們陸續抵達家門，住附近的親友也來慰問。我則通知南部的婆家、娘家親友，聯絡一些相關事宜。

傍晚六點整，外子過世已超過八小時，依習俗要把大體移送殯儀館。他就在所有志工和家屬的目送下，離開了自己的家。在殯儀館淨身入殮前，又有一場法會。此時又有不同的志工和師父，以及從南部趕來的親友們助念，然後在所有人的見證下封棺，再在親友們的護送下把棺木停在停棺間。

有些親友擔心我們母子，無法接受這突然而來的打擊，都陪我們直到工作人員鎖好停棺門，才放心離去。

第四天是火化的日子，我們一早到殯儀館接棺，再由工作人員護送到火葬場，他們盡職慈悲，不管做什麼動作，一定先向外子深深一鞠躬。一路上除了不斷地念佛號，要過橋或轉彎換新路線時，也都明確地提醒外子，希望他能跟上。火化前有幾位師父來誦經，希望他放下凡塵的一切，到極樂世界去。

經過一個多小時後，一盒雪白的骨灰呈現在我們家屬面前，我們一路護送到美濃某寺廟。抵達寺廟時親友們已聚齊來迎接，經過簡單的法會之後，燒了紙錢和衣物，就送骨灰進塔寄放，等滿一年後再領回，放在家塚裏和祖先團聚。

儀式完後我們引領外子魂魄回祖堂上神主牌，就在所有工作人員和親友們的努力下，順利辦好了他的凡塵俗事，讓他安心地上天堂。

回顧這四天來所發生的事，我依然心神恍惚，過程中幸好有很多認識與不識的志工朋友助念；還有親友們鼎力相助、多方聯絡，以及救護人員適時地提供資訊，讓我們母子不至於亂了方寸，還減少了許多的憂心和恐懼。

想及至此，我不知如何表達內心的謝意，只好借用作家陳之藩先生說過的一句話：「無論什麼事，得之於人者太多，出之於己者太少，因為要感謝的人多了，就感謝天吧。」

113.6《警友雜誌》

親情

從小父母就告訴我們：親情是人間最珍貴的感情，一輩子都要珍惜。

知道大房堂哥的兒子，得了棘手的白血病，每個療程都需要可觀的醫藥費之後，家族親友們紛紛解囊相助。為了讓病人安心養病，族裏派了代表去慰問，並告訴堂哥要放心，一切有我們在哪！除了醫藥費，在照顧上大家也輪流去幫忙。

堂哥收到溫暖後感動落淚，還錄了幾句話聊表謝意。我們告訴他，是一家人要患難與共。

父親從小失親，由兄姊們帶大。他的認知裏，長兄如父、長姊如母。當哥哥們年紀大有病痛時，他勇於分擔，不管出錢出力都在所不惜。對哥哥（我伯伯）如此，對姊姊（我姑姑）也一樣。

父親對兄姊是如此的敬愛，對後生晚輩也一樣。誰事業、經濟遇上瓶頸就幫一下；誰家庭失和或遇上意外，都給予最誠摯的關懷。

父親常說親情無價，一定要把它維繫好，讓它代代相傳。他也說唇齒相依都會有摩擦，更何況有情緒的個體，即使是家人也有意見相左時，此時需要大家心平氣和做溝通，只要把親情擺中間，退一點、讓一下，就相安無事。

從小看到父母用心地維護親情，才使全家和樂融融，讓我體會到親情的重要，更相信親人的每個連結，都牽引著先祖們三百多年來的一脈情。

如今長輩們雖已離世，但我們劉家的後代，一直和過去一樣融洽，堅持長幼有序的親情倫理。三不五時來個大團圓，大家攜家帶眷地回老家，分享著生活的悲喜。

由於我們家族大，又分散全省各地，有時難免有人不能參與，此時年輕人來個直播，透過視訊讓大家看到久違的親人，高興地互道平安，共同來分享彼此的歡樂。

親情就是這樣因血脈相連，會有負擔或牽掛，它需要彼此同甘共苦、相互扶持。因每個人際遇不同，有人平順，有人坎坷，但只要大家團結一致，給較弱的一方做最堅強的後盾就好。它不需計較，不必妥協，這就是親情的可貴。

111.2.21《人間福報》

謝天

牆上的竹燈籠

每天看到書牆上那個又老又舊、已經黑得發亮、很有年歲的燈籠，我都忍不住地拿下來，輕輕地轉一轉，然後小心翼翼地用雞毛撢子，輕輕撢去上面的灰塵。看著這古樸的燈籠，我又回到多年前，一個父親節剛過的午後。

當時我帶著長久住都市的孩子，回鄉下去看已經身體違和的父親。他看著好久不見的孫子們，一直圍繞在他身邊，不停地阿公長阿公短的，還問東問西，「什麼時候要釣青蛙？」「什麼時候可以提燈籠？」

或許是這些忽然來到的孩子們，帶來太多的朝氣和動力，讓他太高興了，於是想利用禾埕上剛砍下來的竹子，做幾個燈籠給孩子們玩。父親打起精神，滿臉喜悅又吃力地搬出放著鐮刀、鋸子、起子、鐵絲的工具箱。

他開始弓著身子認真地鋸竹子，然後一刀刀地剖開竹片，再把竹片刨成可以折彎、薄如紙的竹篾。然後坐在矮凳上，時而擺頭單眼瞄視竹篾的長短，先把初型的骨架用粗的竹條用鐵絲綁好，再用竹篾左右穿梭，把它編織成燈籠。

他兩手忙碌，聚精會神地讓巧手左閃右閃的，不僅病容全失而且動作俐落，看不出任何一點病容。

當那些長長短短的竹篾，彎彎折折後，一個個栩栩如生的大小燈籠出現了。然後他小心翼翼，裁著不同尺寸的透明紫紅色的紙，依序地貼在燈籠上，再在底座上插上蠟燭，燈籠就完成了。

晚飯後孩子們提著燈籠，在三合院的曬穀場轉來轉去，個個滿臉燦爛，而父親更是喜上眉梢，滿滿的成就感，陶醉在那點點燈火中。那已經好久不見的祖孫笑聲，讓整個屋子處處充滿歡樂。

我趁機稱讚父親手藝好、寶刀未老時，他呵呵地頻點頭，那神情是我這輩子見過父親最慈祥歡喜的畫面。

不久後父親走了。感謝父親總是憑巧思，為子孫留下豐富有趣的美好

謝天

回憶。多年來我一直保留著這些父親匠心獨運、精心編成的獨一燈籠。我深知自己留下的，不僅是有形的燈籠，還有對父親難以言喻的無形摯愛。

111.10.3《人間福報》

感謝你的「零錢太多」

拜讀邱瀟君的〈我的零錢太多〉，眼眶不禁濕了，因我對這句話太熟悉了。

幼時家徒四壁，一家八口能溫飽就不容易了，更別提其他開銷。然而小五某天要繳三塊錢買防癆郵票，別的同學都在時間內繳完，唯獨我繳不起。於是從第二天起，我升旗完進教室就被老師罰站在布告欄前，一直站著上課到第四節。

隔壁班小我一歲的堂妹阿嬌，在下課時來找我，見我一邊流淚一邊罰站，很是驚訝，趁著放學回家問我原因，是沒寫作業還是考砸了？我搖頭不語，直到抵達家門口，才說出那難以啓齒的難堪之痛。

阿嬌和我一起在三合院長大，時常問我功課，還說我不像她親姊，只會罵她笨。她是三伯的女兒，她家種作多又經營小生意，生活環境優渥，孩子個個都有零用錢。

謝天

她聽我說完緊抓我的手：「阿姊，不要難過，我的零錢太多，拜託先讓我用掉。」第二天上學時，她把三十枚一毛錢的銅板，用手帕包得緊緊的，神秘地交給我。

阿嬌善良又體貼，有一回她知道我要代表學校去市區參加「保密防諜」的作文比賽，特別把裙子和鞋子包好，偷偷地帶到學校借我穿。「今天妳要代表學校，總不能光著腳又穿著破裙子吧。」每一回她都會用「很正當」的理由，讓我盛情難卻。

小學畢業後，阿嬌不再升學，在家幫忙農事。因長得甜美乖巧，被隔壁村張家相中，十八歲就結婚生子。婚後前幾年，她生活不如意，丈夫失業，自己又身體欠安。我比她晚婚，且有謀生的能力，便也經常找些「很正當」的理由給予幫助，直到她經濟改善。

一個人在經濟潦倒時，能聽到「我的零錢太多，拜託先讓我用掉」這樣充滿慈悲的話，是會帶來喜悅和振奮的。它不僅可解燃眉之急，還會讓人感受那句話的溫暖和背後的真誠。

112.6.23《聯合報》

十五元的機緣

最近這幾年，經常會看到對面鄰居陳家的門口，停了一輛白色賓士車，聽說車主是個名醫。

三十多年前，陳家夫婦曾在台北某醫學中心附近的巷子開了一家自助餐廳。每到了用餐時間，就會有很多醫學生和醫護人員，在這兒用餐。有一年他們發現有個高高瘦瘦的年輕人，每次來用餐都是選在他們要打烊的時間，而且獨自坐在同一個角落，點一碗五元的白飯淋上滷肉汁，一份五元的青菜，一顆荷包蛋或幾塊油豆腐。反正不管是午餐或晚餐，他都維持在十五元上下，從沒超過二十元。

由於他一直都這樣，吃得很簡單，陳先生怕這樣的份量，對急需營養的年輕人來說是不夠的。於是慈悲的陳家夫婦，每一回都會多給他一些飯菜，並告訴他餐廳為了保鮮，不能有隔餐菜，這餐的菜沒賣完都會當廚餘，很可惜，所以請他幫忙多吃一些。

經過幾次的互動，陳先生得知他來自南部偏鄉，祖父和父親都因病早逝，所以他從小的心願，就是長大後要當個醫生，幫助病人解除病痛。為了達成願望，他用功讀書。高中聯考雖是榜首，可以選第一志願的學校，但是那學校離家遠，要搭車又要趕時間。為了節省開支，也為了節省時間，他最後選擇離家最近的第四志願學校就讀。

升高三時，他發現自己的物理和化學有待加強，想跟別的同學到補習班補習。但是補習班一年的補習費就要五萬，他知道這個數目對兩個半工半讀的姊姊，和只耕種三分薄田的媽媽，是很沉重的負擔。

為了減輕媽媽的負擔，他提起勇氣，不斷地向班主任討價還價，希望主任能幫個忙，讓他分期付款，結果主任搖頭。

雖然主任搖了頭拒絕，但他不死心，又繼續纏著班主任。大概主任被他纏煩了，忽然告訴他，班裏有個保證班，補習費只要一萬元，不過只收前三志願的，而他是第四志願，資格不符，他也愛莫能助。

當他知道補習班裏居然有這樣的班級時，他就想努力爭取。除了告訴主任，自己一直是學校的第一名，這樣是否有資格，主任還是搖頭。此時他不放棄，要求主任給他機會，讓他證明自己的實力。

結果主任告訴他，明天保證班有模擬考，要是他能考進百名內，就讓他加入。這個天大的好消息，讓他高興得整晚睡不著，因為他相信自己是有這個能力的。考試的結果他是十八名，讓班主任的眼鏡碎滿地。

進入了保證班後，他念得廢寢忘食，每天晚睡早起，就是要考上醫學院。結果一切如願，補習班不僅沒收他的一萬元補習費，還須發了十萬獎學金給他。

進入醫學院後，為了減輕媽媽的負擔，他處處開源節流。陳先生知道後，經常在各方面協助他，例如，幫他找家教、把房子以低價租給他，讓他度過了求學生涯。後來陳先生夫妻因身體出了狀況，無法再做繁忙的餐廳工作就退休了，他們也因此失去了聯絡。

有一年陳先生到南部旅遊，因一場意外被送入急診室，當時的主治醫師竟然是他。他們重逢後才知道如今的他，在醫界很有成就，是位名醫，在南部當某醫院的院長，平時除了忙醫務之外，也經常做公益，去偏鄉義診。

自從他們聯絡上後，這位名醫只要有到台北來，一定會來向陳家二老請安，感謝他們當年的相助。

台北的人情味也很濃

相信從南部農村北漂到台北落地生根的人，都會有個相同的經驗，就是偶爾接父母來住時，長輩們都說住不習慣，要趕快回去，因為台北人很冷漠，沒有人情味。

那天下午我到門口領掛號信時，發現對門林家的門縫，正探出個頭往外看。我認識她是林奶奶，她一直都住屏東內埔。因以前她來兒子家時，我有和她交談過幾次，所以她也認得我。

收好信我連忙跑過去，用客家話和她打招呼，她看到我雖然很開心，卻告訴我想回家。她認為在台北鄰居都不認識，還是回鄉下比較好，至少大家見了面都會問候一下。

我安慰她，難得來就多住幾天，到處轉轉就會發現，其實台北也是很有人情味的。我還告訴她自己正好沒事，可以陪她到附近走走，她一聽喜出望外。當我電告林先生，「媽媽被我帶出去」時，他哈哈大笑還不停地說：「謝謝！」

當我們在路口要等綠燈時，坐在開鎖店門口的老闆娘看我們站著，連忙站起身來讓出藤椅要阿嬤坐一下，老闆也順手送來一杯水。或許他們的親切讓阿嬤感動，連忙問我，「你們有相識嗎？」我搖了搖頭後表示，都市的人和鄉下一樣，也都很有禮貌啦。

因天氣熱，我們路過一家青草茶店時，我買了兩杯，當老闆知道阿嬤遠從南部來，很開心地表示歡迎，並特別免費送一杯請客，讓阿嬤好高興。老闆的買二送一的好意，阿嬤很意外，兩隻眼睛直盯著我，嘴巴抖動著欲言又止。

陪阿嬤穿街走巷地晃悠，讓她體驗了台北繁華背後，小市民的生活風情，看她心滿意足的樣子，我相信下回她再來台北，絕對不會急著要回去，因為她感受到了這兒的人情味，比鄉下的更香更濃。

112.7.7《聯合報》

點燈

我家住二樓，每天上下樓梯，只要看到樓梯口或大門的燈不亮了，我一定馬上換個新的。

若在換燈時正好被鄰居看到了，他們一定會很客氣地說：「有您真好，不過這麼多年來都一直讓您破費也不行，下回就由大家來分攤吧！……」每次我都說：「小事！小事！只是舉手之勞，沒什麼。」

小時候家住封閉的窮鄉僻壤，在路燈不普遍的年代，天一黑到處就黑嘛嘛的，很嚇人。家裏臨時缺個醬油、鹽巴什麼的，需要孩子們上街去買，孩子們就推來推去，沒人敢出門。

記得村子裏的第一盞路燈，是十燭光的白管日光燈，它是掛在劉家三合院外小廣場的電線桿上。六、七十年前日光燈剛上市，一支燈管要價兩百元，相當於成年人十天的工資。父親為了讓村子裏的孩子，在夜裏能安全方便地進出，雖然家徒四壁，還是想盡辦法四處打工，湊足兩百元就請人來安裝。

還記得開燈的那天晚上，全村的人不管老少都來了，大家抬頭看著這盞與家裏五燭光的橘黃色小燈泡截然不同的白色日光燈，所綻放出如白晝的亮光時，不僅驚歎，還有見證光明時刻來臨的喜悅和驕傲，畢竟別的村子還沒有日光燈。

當時叔伯們曾問父親，「自己都手頭緊，怎麼捨得買這麼貴的燈？」此時父親指著廣場上開心跑跳的村童、席地而坐正在聆聽叔公說古老的故事的孩子們，還有在燈光下小溪浣衣的村婦村姑們，每個人臉上的笑容……然後告訴他們，一盞燈能換來全村子的歡樂的景象，豈止是物超所值所能形容。

或許是從小就耳濡目染，父親經常用不同的方式，在不同的有需要燈光的地方，默默點燈的那份堅持，給了我很大的啓示，所以如今的我也很樂意傳承他無私的愛。

110.12.24《青年日報》

援手

總覺得人在緊急狀況下，自己又無能為力時，有個熱心人適時地伸出援手，解決了燃眉之急，那份感動和感謝，真會銘刻心懷。

多年來一直以機車代步，每天載著幾袋布包到市場做生意。那天在回家途中，忽見烏雲夾帶強風迎面而來，豆大的斜雨已急速飄下。我只好把車停在路邊，趕緊從車箱裏取出大塊的塑膠布，要蓋在後架的貨物上。

因風力太強，我雙手還沒舉高，強風一吹我又後退好幾步，眼看著架上的物品即將淋到雨，我卻手足無措。正當我又急又惱時，看見一雙大手伸過來，以很快的速度，把塑膠布蓋在貨物上面，並順手幫我拉起繩子綁緊每個角落。

他是個身材高大的中年人，好不容易幫我綁好後，用力地甩去手上的雨水，然後很客氣地用台語對我說：「安呢！妥當囉！」說完跨上機車揚長而去。看著他離去的背影，我才想到在情急中，我好像忘了向他說：「謝謝您。」

雨越下越大，即使我因來不及穿雨衣而淋濕身體，但我已放心了，因為我的家當在他的協助下安然無恙。騎上機車回家，一路上那雙在雨中揮動的大手，始終在腦海揮之不去，真的好感謝。

110.12.22《青年日報》

母女同框的喜悅

今年初，我把去年發表在各報章雜誌上的六十多篇小品文編集成書，書名就用其中的一篇〈我在高鐵站〉。書的封面設計和內容插畫，則是由從事教育工作，也喜歡藝術創作的大女兒負責。

書上市後，我陸續地收到一些讀者的來信詢問。大部分的人不是問我書寫的心得，或身為主婦，家事繁忙還有老伴需要照顧，怎麼會想到透過書寫，為自己的生活找出口、找療癒、找寄託，還分享不同的故事給讀者呢？反而是問我，如何栽培一個孩子成為藝術家？及母女各司其長，同框在一本書，讓書能圖文並茂，讓讀者讀得開心，那會是怎麼樣的感覺，一定很特別吧？

其實說真的，對孩子的教育，沒受過什麼教育的我們夫妻，既沒能力教導他們，也沒有很多時間陪伴，因為要面對生活的壓力，能給孩子的是，一個能溫飽有安全感的家而已。

在他們就學過程中，我沒有很嚴格要求分數表現，只要他們認真學習，不要調皮搗蛋讓師長傷腦筋，把老師教的念懂之外，我還真的給不出什麼，頂多買幾本課外讀物當獎勵。

或許是我這種自由放任的方式，不僅讓他們少了壓力，而且多了很多選擇的自由空間，所以能在課業之外，學習更多屬於自己有興趣的事物。另外他們也清楚，把書念好是當學生的基本責任，所以大致上課業還能應付。

大女兒從小就是書蟲，不僅喜歡閱讀也喜歡畫畫，求學之路很順遂，都是考第一志願的。

從小就愛畫的她，總能在不影響課業之下畫著玩，把卡通影片裏的小甜甜和小英，以及科學小飛俠，畫得栩栩如生。小學老師曾在聯絡簿上告訴我，這孩子有畫畫的天分，希望家長能找個專業的老師給予指導。而在資訊不發達的年代，我這個媽媽也不知道到哪兒幫她找老師，一切由她自己摸索。

高中時，她曾多次代表學校參加校外比賽都有得獎，大學時期因課業比較不繁重，就陸續拜師學畫。

大學畢業後又到美國和法國的藝術學院深造，因而奠定了她在藝術上的基礎。修完學位回國後，參加學士後的教師徵選，又很幸運地進入杏壇，從此過著教學相長的日子，透過藝術美化生活。

一直以來我沒有特別地去培養她，而是很隨興地讓她自由發揮。要出書時我並沒有想過要女兒幫忙一些美編的事務，我知道她工作忙，每天忙完學校的教學，還要利用零碎的時間做創作，因為每隔一段時間要開畫展，不管是個展或和展，每個作品都需要費工費心，絞盡腦力才能完美無缺。所以我只希望她專注自己的工作，至於我出書的事，就不要麻煩她。一切由出版社處理就好。

沒想到有些讀者，看過她在我以前的書上的設計，以及從網路上看到她的作品後，對她充滿傳統藝術和現代數位繪圖的綜合創作，留下深刻的印象，紛紛建議我，往後有新書出版，就要母女同框，這樣可增加書的可看性，也會帶給讀者不一樣的新鮮感。

就這樣，在我們母女合作下，小書順利出版了。一切誠如讀者朋友所關心的，翻著書頁感覺是溫暖愉快的。而身為作者的我最樂見的莫過於，讀者們拿到書時，不僅看到賞心悅目的畫面，還能感受字裏行間中，作者所帶來的各種趣味和啓發。

113.5《警友雜誌》

竹林風情

小時候家屋後方是大片竹林，因為涼爽，我們喜歡在那兒玩遊戲。或許對終年綠意盎然的竹子有好感，所以我盼望著，住都市叢林的我，某天家裏也能見竹林綠意。

記得去年的某日，我到住家附近市場採買時，看到有位少婦背著約一歲的男童，站在路旁賣盆栽。小小的三盆，都放在腳踏車的後架上。除了紅色杜鵑、白色梔子花，還有挺拔灑脫、清秀俊逸的鳳尾竹。它是孝順竹的變種，觀賞價值高，因體型小適合盆栽。

盆子是約三吋高的長方形瓷器，比一般便當盒大一些。盆裏除了有三支尺餘高的竹子，中間還有兩支像免洗筷大小的竹筍，根上放著三顆大小不同、造型各異、長了青苔的小石頭，整個造景就像一座迷你竹林。

由於我從未見過竹子做成的盆栽，就好奇地停下腳步。此時發現那孩子不停地掙扎，且哭聲淒厲，好像很痛苦的樣子。我提醒少婦孩子大概餓了。她搖頭表示孩子這兩天都在發燒。

我說既然孩子生病了，就該先看醫生呀。沒想到她哽咽低聲地說：「因家裏沒錢，才來賣盆栽……」我聽了很錯愕，連忙向她表示，自己很喜歡竹子，希望買下它。於是我把身上僅有的八百元都給她，希望對孩子有所幫助。

平時我喜歡蒔花弄草，把陽台妝點得繽紛亮麗，一年四季都有花兒飄香綻放，而它的入住，正好在萬紫千紅中，增添了幾許的綠意。

竹子生性平和，很好照顧。因和它相遇的情況很特殊，所以我對它關懷有加，經常在根部加點土，或灑幾粒有機肥。每當春滿人間時，它會冒出細細的竹筍，高高低低，綠絨絨的，很快長成一片竹林，不僅豐富了視野，也讓我感受到竹葉婆娑、涼風輕徐的恬靜。小筍不會長粗，但會長高到一尺多。

它正直清高，當筍殼脱落後，每一節都會長出細細的長葉，清秀雅致、四季常茂，討喜模樣勝於其他竹種。

很喜歡小竹子冒土生長的堅強生命力，它總是帶給我很多的啓示。每年春節過後，我會伺機分栽分享親友，讓大家感受種竹的樂趣，體會竹子的高風亮節。

每當我陶醉竹林風情時，更能體會蘇軾「寧可食無肉、不能居無竹」的那種閒情逸致。

110.7.8網路徵文

非常感謝鍾屋的大小姑

現在是早上十點半，我正在整理住桃園的瑞金和住在新竹的瓊金姊妹，一起送來的還滴著露珠的地瓜葉、小黃瓜和綠色苦瓜。她們說這是自己種的，一大早要來臺北看叔叔嬸嬸，特別早起準備。除帶來蔬果，還帶來自己包的粽子、米篩粄和料理好的雞肉，還熱騰騰的，打開裝盤即可食用。

那天午後陽光炙熱，住板橋的招金，就送來自己種的胡瓜、南瓜、皇帝豆。看她為了送這些蔬果，累得滿身大汗，我除了感激她的好意，還於心不忍地拜託她下不為例，畢竟騎機車來回要花很多時間，太辛苦了。

然而她認為這些蔬果又不值錢，要過來就順便帶上，沒什麼啦！看她說得雲淡風輕，我卻覺得一份真誠的價值，是無法用金錢衡量的，可貴又難得呀！

或許是我出生在小家庭，至親除了父母就是同胞手足，家中熱鬧的感覺就不如大家庭。記得當初嫁入鍾屋時，家裏有一、二十口人，不僅下田種作，人多好做事，一份農務很快就完成，吃飯時也很熱鬧，飯菜要準備好大一鍋。雖然沒有山珍海味，只有自己種的當季蔬菜，或醃製的醬菜，是粗茶淡飯，卻因為都是一家人，血濃於水，大家吃起來特別香甜滿足。

婆婆育有三子三女，外子有兩個哥哥和三個姊姊。大嫂有三個女兒——菊金、招金和辛金。二嫂也同樣有三千金，分別為瓊金、瑞金和滿金。

雖然她們六個都是「金」字輩，個個一輩子都是多金，但是她們低調謙卑，賢慧、善良又勤儉。即使平時工作忙碌，要上班又要持家，卻能把客家婦女的傳統美德，發揮得淋漓盡致，愛家愛土地。只要有機會，在做羹湯之餘還會種些蔬果。

菊金的花生粒粒粉紅晶瑩，不需要電腦挑選，大小都一樣，而且爽口美味。辛金的橙蜜番茄，肉厚皮薄口感好，一樣引人垂涎。

她們就是這樣，不管住在天南地北，就有能力種出不一樣的蔬果，自食之外還可以北送到我家，成為桌上佳餚。記得姊姊和姊夫生前，也經常會寄來蔬果分享。

很感謝她們對外子的敬愛和關懷，不管舟車勞頓親自前來，或是滿金的電話問候，我都心存感激，也深感慚愧，因一無所有的我難以回報啊。

在倫理親情日漸式微的今天，她們無私的付出，常帶給我親情的溫暖和感動。這讓一向遲鈍的我，除了說「謝謝！」外，還真找不到更貼切的字語，可以表達我內心深處的感謝於萬一呢！

113.11.29《月光山雜誌》

謝　天

作　　者／劉洪貞
封面繪圖／鍾麗萍
出 版 者／揚智文化事業股份有限公司
發 行 人／葉忠賢
總 編 輯／閻富萍
地　　址／新北市深坑區北深路三段 258 號 8 樓
電　　話／(02)26647780
傳　　真／(02)26647633
E - mail ／service@ycrc.com.tw
網　　址／www.ycrc.com.tw
ISBN ／978-986-298-439-0
初版一刷／2025 年 1 月
定　　價／新台幣 250 元

國家圖書館出版品預行編目（CIP）資料

謝天 / 劉洪貞著. -- 初版. -- 新北市 : 揚智
文化事業股份有限公司, 2025.01
面； 公分

ISBN 978-986-298-439-0（平裝）

863.55 113019866